空想特撮妄想小説

大阪防衛隊出撃せよ

岐路平《きろひら》 むたき

目次

3　最終章　新大阪局地防衛戦闘部隊

空想特撮妄想小説

1　大海獣サルガゾーラ登場！

原作・岐路平むたき

東京消滅、大阪防衛隊出撃せよ！

二十一世紀後半の地球。銀河にあまねく輝いてきたわれらの美しい星にも、最期の時が近づいていた。・・・

二十世紀初頭から続いていた、海洋汚染、温暖化、核汚染。人類はおごり、日々の繁栄にばかりに気を取られ、地球の悲鳴に真剣に対処しなかった。海は汚れ、水中の酸素は失われ、魚は死滅した。いまや、地球の海の大半は腐臭海と呼ばれる、有毒ガスの発生する海となりはてていた。バーミユーダ沖で異常繁殖した海草ホンダワラは変異して、人をも呑み込む大海獣サルガゾーラとなり、周辺の船舶や人間を呑み込みながら世界中に拡まっていった。

一方、八丈島南方の深海三千ｍでは、核廃棄物を採りこんだ、大ダコが放射能汚染で変異し、全長二百ｍの大怪獣ダッコラスとなり、伊豆諸島を恐怖におとしいれていた。

「こちら、第七海上防衛艦隊突撃ミサイル艦あまぎ、東京本部感度ありますか。」

「こちら、東京本部。どうぞ。」

「艦長の大滝だ。わが艦隊は奮闘するも、大怪獣に対し戦果ほとんどなく、これよりあまぎは最期の突入を敢行したく、その許可を求める！」

「待て、大滝君。はやまるな！君たちは近海の生存者をひとりでも助ける、重要な使命があるのだ。」

「ダッコラスによる、被害は甚大です。人も民家も融解して生きているのはわれわれだけだ。一発でもミサイルを喰らわせてやらねば、やらねば、やらねば・・・」

ドッカーン　グワッシャーンという爆発音とともに交信はとだえた。・・・

「大滝艦長おおお。」

気まずい雰囲気が東京海上防衛隊基地にただよう。もう海上の防衛戦力はほぼ尽きた。

東京湾にもすでにサルガゾーラが進出し、本体が大暴れしていた。人も船もみんな呑みこまれ吸収され、腐臭海に変貌していく。誰もこれを止めることが出来ない。

東京はまさに死に瀕していた。

「助けてくっれええ」「きゃあああ」～ひとびとは東京を捨て、見限り逃げ始めた。東へ西へ。絶体絶命、ＳＯＳ。東京は、日本はいったいどうなるんだ。

東京消滅！

　東京湾に押し寄せる腐臭海。サルガゾーラとダッコラスの二大海獣に翻弄される防衛隊。
「ギャヤアアーオオン、ブッツシュウウウ」サルガゾーラの触手は人々を次々と襲う。逃げまどう人々、「助けてえええ。」触手に呑み込まれ体液と血液を瞬時に奪われミイラと化す人達。
　首相府では緊急会議が開かれていた。眦を決し、オダマリ首相が叫ぶ！
「都民の避難状況はどうなっている？」
「首相、二十三区ほとんどが　海獣に呑み込まれ、ほぼ音信途絶壊滅状態です。」官房長官
「何　壊滅だと　・・・　何とかならないのか」オダマリ
「防衛隊はどうしたんだ。」オダマリ
「現在、東京防衛隊は残存火力を集中し、ダッコラスに展開中。」防衛軍幕僚
「ううむ。どうしてこんなことになってしまったんだ。我が目を疑う惨事だ。」オダマリ
「首相、サルガゾーラが上陸し、一週間ですが、東京はもう駄目です。」
「何を言うのだ、タテジマ博士。君は科学者として何か対抗策はないのかね。」
「ないこともないですが、もうここでは間に合いません。遅すぎたのです。体制を立て直す必要があります。」タテジマ博士

「腐臭海に呑み込まれる地域はもはや関東一円に拡大しているのです。首相、遷都のお覚悟が必要です。」
「外務大臣、他国の状況は・・・」「ほとんどの国がすでに音信途絶です。おそらくエネルギーも尽きたのでは。」
「ここにいたっては、緊急避難措置としてまだ被害の出ていない大阪に遷都することを進言いたします。」タテジマ博士
「タテジマ君、君い。遷都っていっても・・・時間の問題じゃないのかね。」
「オダマリ首相、まだ大阪には戦う力はあります。あきらめたら最期です。」
「ううむ。防衛大臣、何とかなる戦力なのかね。」
「大阪地区局地戦闘機サナダホークのことです、首相。」防衛大臣
「サ、サナダホークだって?」オダマリ首相
「タテジマ博士の設計した、局地迎撃用戦闘機で、サルガゾーラに対抗しうる火器武装があります。」防衛大臣

ドートン・ホリー隊員

こちらは、東京近海の何処かの砂浜。サルガゾーラが繁茂し、今や死の砂浜だ。うごめく、奴らの中にたったひとり、吸収されず浮いている男がいた。・・・

『ここは、どこだ?、俺は誰だ?』混濁する意識の中で、男は自分がまだ死んでいないことに気づく。

ふらふらと立ち上がり、彼は歩き始める。「おお、痛ええ。・・・あまぎから転落したあと、・・・わからん、でも、まだ生きている。」

「なんか、なんか、蟹の群れといっしょに居たような、変な気持ちだな」

彼の周りはサルガゾーラだらけだ。自分の手も左腕は汚染された。しかも、信じられないことに右腕は蟹のはさみに変形していた。「何じゃあああ、こりはあああ」「おおおれは、蟹じゃあないかあああ」あまりのショックで思わずはさみを振ると、サルガソーラは、近づいてこない・・・。

この腐臭海からのたったひとりの奇跡の生還者、名をドートン・ホリーという。東京第七海上防衛艦隊所属の若き青年である。あまぎで救助作戦を遂行中、彼は爆発で腐臭海に投げだされたのだ。死を意識したとき、ちょうど大潮で海を渡る蟹の群れに彼は救われたのだ。

そうだ、ホリー隊員は死んで行くはずだった。だが、サルガゾーラと蟹とダッコラスの放射能で、彼は未知の生物に変異したのだ。そう、蟹男クラブマンとして蘇ったのである。

何とか救助された救護所で東京防衛隊へ連絡をいれてもらう。・・

医師「こここれは・・・」絶句する先生。「早く手当てをしなければならんが」

ホリー「俺は大丈夫です。首相府のタテジマ博士に連絡をお願いします。」

医師「君、何を言うんだ、君は重症なんだぞ。」
ホリー「俺は体半分が蟹になってしまったんです。いまさら治療しても時間の無駄ですよ。」医師「ううむ。」
首相府のタテジマ博士。「ホリー君か、君、本当にホリー君か?、信じられない」
ホリー『先生、ホリーです。俺、俺、まだ生きています。蟹になっちゃいましたけど』
タテジマ「何だって 蟹に・・・そうか。ううむ。奇跡だ・・・」
タテジマ「とにかく、無事でよかった。ホリー君。君には大阪にいってもらうからね。」
ホリー「先生、大阪ですか。」
タテジマ「大阪が日本最期の防衛線になるのだよ。」

大阪地域局地防衛戦闘部隊

サルガゾーラが上陸して、まもなく、オダマリ首相の大阪遷府宣言が発動した。東京は腐臭海に沈んだ。関東平野から人々の息吹は途絶えた。

東京が沈んで西へ逃れていく避難民の群れ。鉄道など主要幹線はダッコラスに破壊され、徒歩で移動を余儀なくされてしまう。サルガゾーラも東京防衛隊が火力攻撃で、少しは侵攻を防いだが、ほとんど暖簾に腕押しの状態である。

大阪はまだ被害には遭っていない。

大阪城地下に極秘に建設が進められていた新しい防衛拠点。そこには、特殊訓練を受けた防衛隊の精鋭、生き残りが集められていた。
Osaka section Diffence Force 名づけてＯＤＦ。
新しい防衛隊服を着た、隊員たちが新作戦室に集められた。
「私が、大阪地域局地防衛戦闘隊の隊長キズナだ。」ＯＤＦ旗を背に敢然と立つ。
「いいか、これから君たちは大阪だけを、大阪だけを守るのだ。それが、使命だ。」
「キズナ隊長、尼崎がおそわれたらどうするんですか？」アラシヤマ隊員
「ほっとけ」キズナ隊長はじっと隊員たちの顔を見つめる。
「神戸がおそわれたら」ホリ隊員
「ほっとけ」キズナ隊長は動じない。
「ほっとくんでありますかあああ？」ホリー隊員　「そうだ。」キズナ
「それは、あまりにも非人道的ではないですか。隊長。」ヌレギヌ隊員
「勘違いするな。我々には、もう予算も武器も無いのだ。大阪地域限定で戦う力しかもう残っていないのだ。」キズナ隊長。
「限られた戦力で、可能な限り大阪を守る。この命令が承服できぬものは直ちに制服を脱げ！」キズナ隊長は決然と放つ。作戦室に鳴り響く緊急警報「ビイ、ビイ」赤色灯の点滅。
「隊長、サルガゾーラの群れが大阪湾に接近している模様です。どうしますか。」オカ
「アラシヤマ、ホリーの両隊員はサナダホークで発進、これを迎撃せよ。大阪作戦第1号

と、本作戦を只今より呼称する。」キズナ隊長。

「はっ、ただちに発進します。」アラシヤマ、ホリー両隊員は直立不動で敬礼。

「うむ」キズナ隊長も敬礼をし、二人の出撃を見守る。

「Force　Gate　Open・・Standing　By」

出撃命令　サナダホーク

ＯＤＦ作戦室を出たアラシヤマとホリー隊員。地下発進カタパルトをめざしながら、
「よろしくお願いします。」ホリー
「君がサルガゾーラ戦の生き残りのホリーか。俺はサナダホークで秘密訓練を受けたアラシヤマだ。話は聞いている。君は蟹の能力があるとか・・本当なのか。」アラシヤマ。
「はあ自分でもどうして助かったのかよくわからんのです。」ホリー
「まあ、何でもいいが、足手まといにはなるなよ。」アラシヤマ
エレベーターが到着。ドアが開く。地下カタパルトには、巨大な三角翼もキラリと光るサナダホークが待機し、保全員らが、いろいろチェックしている。
「Force　Gate　Open――Force　Gate　Open」地下基地内に緊急発進コールが響く。
「こちらアラシヤマ、現在発進準備中。カタパルト移動開始してくれ。」
シマ保全長「了解、サナダホーク、発進カタパルトへゴー。」

地上では、夕闇が迫っていた。太陽も西へ傾いている。大阪湾内に浸入したサルガゾーラは刻々と首府・大阪に近づいていた。

グオオオーンと大阪城から、地響きがしたかと思うと城が左右に開き始めた。

グワワッツシャーン　ヒュウーヒューと開いた城の下から、サイレンとともに何かが上昇してくる。「アッ、あれは何だ」「飛行機だあ」何事かと大阪人はみな驚いている。

巨大なる赤い翼をわれら大阪人の前に見せた、サナダホーク。

カタパルトが上向きに傾斜し始め、夕闇に向けて発進準備は完了した。

「こちら、アラシヤマ。発進準備完了。」

キズナ隊長「発進」

「発進、ブースト全開。」ヒューンンズバババババアアア~イオンロケットがうなり、凄まじい轟音が当たり一面にとどろく中、サナダホークは夕闇を目指し発進した。

作戦室では、タテジマ博士も自らの設計による首府防衛戦闘機の初陣を見守っていた。

「サナダホークでどこまで戦えるのだろうか。」キズナ
「敵は強力です。ホリー君の力がいずれ、必要になります。」タテジマ
「彼のクラブマンとしての力が発揮されれば、なんとかなるんだが。」キズナ

出撃　サナダホーク

大阪湾南方、迫り来るサルガゾーラの群生体。緊急発進した、首府防衛局地戦闘機・サナダホーク。大海獣を前にして、アラシヤマ、ホリー両隊員は自らの体にふつふつと湧き上がる血流を感じた。「さあ、行くぞ。ホリー」「はっ」コックピット内に緊張が走る。

「こちら、アラシヤマ。サルガゾーラはまもなく、大阪湾に侵入の模様。熱戦砲で攻撃許可を求めます。」

「こちら、キズナだ。適宜処理せよ。」『了解』

アラシヤマ「おい、ホリー、サナダビーム発射用意。」ホリー「了解」発射レバーに手を置き彼は覚悟を決めた。

旋回しつつ、サルガゾーラの群体のほぼ中心部をホリーはビームの照準を合わせる。

ホリー「発射準備完了」

アラシヤマ「発射ああ」

サナダホークの先頭部から、熱戦砲、サナダビームが轟音と共に発射され、コクピットの前は一瞬まばゆい光に包まれる。「ビーイイイイイイ」「ズーババババババババ」ビームはサルガゾーラに命中し、あっというまに火の海が拡がっていく・・・

ホリー「ス、スゴイ威力だ。」「うむ、命中。海獣の炎上確認。」アラシヤマ

「ギャアアアアオオオオオオンンンン」サルガゾーラが燃えている。

アラシヤマとホリーは顔を見合わせ、満足そうな様子だ。

「隊長、ビームは海獣に命中。現在、炎上拡大中。サルガゾーラの侵攻は止りました。」

「油断するな、相手は世界の海を呑み込んできた化け物だ。サナダホークは海獣の死滅を見届けるのだ。」キズナ
「了解」アラシヤマ。

大阪湾を火の海にして、サルガゾーラの群体は上下左右に揺れながら、燃えている。

サナダホークのコックピット内
ホリー「燃える海より、巨大な何かが浮上してきます。ソナー感」

アラシヤマ「何だ一体、このくそ忙しいときに。」

ホリー「この反応は、ダッコラスのものです。」「大変だあ。」

ドバーババババと大きく海が盛り上がり、ダッコラスの巨大なアタマが浮上してくる。

アラシヤマ「エライコッチャ、エライコッチャ、何てでかいんだ。」大ピンチ大阪。

大怪獣ダッコラス対大クラブマン

「ブウシュウウウウ〜」巨大なダッコラスの足が、うごめきながら暴れ出した。大阪湾は火の海だ。頭からは放射能の白煙を噴出している。危険だ。

このダッコラスに海に投げ出された、つらい記憶が一瞬ホリー隊員の脳裏をよぎった。

「うう、俺は、俺は行かねば、奴をたたかないと。」ホリ隊員は血のたぎるのを覚えた。

「こちら、アラシヤマ。サルガゾーラは炎上中ですが、ダッコラスが続いて出現。」

キズナ「何。ダッコラスも。何ということだ。・・・タテジマ博士。何とかなりませんか。」

タテジマ「三日月手裏剣砲」で攻撃してみましょう。

キズナ「アラシヤマ、三日月手裏剣砲でヤツの足を狙ってみろ。」

アラシヤマ「了解しました。おい、ホリー・・・ホリー?」コックピットからホリー隊員の姿が消えていた。

後部脱出口付近でホリー隊員は精神を集中し、腕をクロスし、蟹のエネルギーを覚醒させつつ機外へ飛び出した。「ヘンシーン」彼は、スパークしながら、大阪湾に落下していく。

次の瞬間、すさまじい波しぶきがあがり、炎もダッコラスも何も見えない。

「とうりゃあああ～」謎の巨人が波間から、出現し、ダッコラスに挑みかかっていた。

「なんじゃあ?、ありは・・・」アラシヤマ隊員は自分の目が信じられなかった。

巨大な蟹の怪人が、蟹手からパンチを繰り出し、全長二百メートルのダッコラスの頭をボコボコにしていた。「ブッシュウウウウ、グググワ」「トウリャアアアアア」凄まじい彷徨がとどろく。

大阪湾のサルガゾーラを燃やしながら、波間に展開される、ダッコラス対巨大蟹男。ダッコラスの足や頭も蟹男もどっちがどっちか判別できないくらい一体となって、激闘が続く。蟹パンチが炸裂するたびに、閃光で海が光る。
「こちら、アラシヤマ。ホリーがコックピットから消えました。隊長、新たに巨人が出現し、ダッコラスと戦っています。俺は自分の目が信じられません。」
キズナ「アラシヤマ、自分を信じろ。巨人に協力するのだ。」
アラシヤマ「巨人を救けるのでありますか。」
キズナ「そうだ、三日月手裏剣砲で、背後からダッコラスを狙え。」
アラシヤマ「了解。」「三日月砲発射！」サダダホークの三角翼下から、ブーメランのように回転しながら、手裏剣砲が発射され飛んでいく。「しゅるるるるる〜」

倒せ、ダッコラス　戦え、クラブマン

サナダホークから発射された、三日月手裏剣砲。「シュルルルル」とブーメランのように回転しながら、一度、ダッコラスの右上方を通過して行く。的が外れたのか。

「グウブウシュウウウ」「とうりゃあああああ」ダッコラスはクラブマンをも呑みこむ勢いで長い足で絡みついてくる。

「ジェットオオオ、チョップウウウ」まさかりのようなカニ手でクラブマンはダッコラス

の頭にチョップを炸裂させる。

「ザバーン、ドビシ、ズビシ、ブッツシュウウウ、ザバババッバ、ドビッツ、ズビ」

大阪湾で繰り広げられる、二大怪獣の死闘。

クラブマンの姿はダッコラスの巨大な足に隠れほとんど見えない。

「シュルルルルルル」一度、闇にまぎれた、三日月砲が回転しつつ、闇夜を切り裂き戻ってきて、ダッコラスの巨大な足に炸裂。「ズススバアアー」切断音とともに、足が1本ふっとぶ。

クラブマンもカニ手をカッター化させ、大技クラブカッターでまとわりつく大足を狙う。

「とうりゃあああ、ズバン、ザッシ」「ブシュウウウウクブ」

一本、また一本。ダッコラスは巨足を切断され、苦しそうだ。「バキャアブギギギー」

からみつく足から、ようやく開放されたクラブマンが海上に姿を見せる。・・・

サナダホーク機内、アラシヤマ「三日月砲は命中、ダッコラスの足を切断。少し弱ったようです。」

アラシヤマ「巨人の援助にはなったようです。」

キズナ「少し様子を見よう。」「了解」アラシヤマ隊員はホリーのことが気にかかる。

何本か足を失ったダッコラスはうごめきながら、海中へ没していった。・・

クラブマンはエネルギーを消耗し、もはや巨体を維持できず、もとのホリー隊員の姿に戻ってしまった。

消えそうになる意識の中で、ホリー隊員は海上を漂いつつ、緊急用発信機のスイッチを押す。ベルトのバックルに格納された発信機から救助信号がサナダホークへ。

アラシヤマ「ん。何だ、この信号は、おおホリーのものだ。すぐ近くだな。」

サルガゾーラの炎上する海の上で、はたしてホリー隊員は無事助かるのだろうか。

助かったホリー隊員

意識を失ったホリー隊員はアラシヤマ隊員に救助された。ダッコラスとの戦いでエネルギーを消耗しつくした彼は防衛基地のメデイカル・ルームに担ぎ込まれた。

人間体とカニとに「キカイダー」化した彼の肉体は科学スタッフによって、徹底的に調べられた。タテジマ博士も同席した。

「どうなんだ。ホリー君は。」タテジマ。「彼の生命力は驚異的です。サルガゾーラにも負けない免疫細胞が、失われた細胞を復元しているのです。」「それはカニと関係があるのかね。」「ええ、おそらくクラブマンの謎もそこらに。」「ヨシズミ先生、では後よろしく。」

作戦室・アラシヤマ「隊長、ホリーは大丈夫でしょうか。」

キズナ「うむ、だいぶ無理が重なったようだ。しばらく安静だ。」

キズナ「ローラ隊員は後、ホリーを看てやってくれ。」「わかりました、隊長。」彼女はODF隊員の中でも看護師としても手腕を発揮する有能な女性隊員だ。

ヌレギヌ「いやあー初戦で何とか怪獣どもを撃退したものの、我が方もホリー君を始め、いろいろ戦力を消耗しましたからねえ。」アラシヤマを見て、「また、出てこられたらどうすんです?」「出てこないように祈るしかないよ。」アラシヤマ。

キズナ「サルガゾーラの侵攻が停まったからといって安心は出来ない。我々の備蓄エネルギーには限りがある。サナダホークもおいそれと出撃させる訳にはいかんのだ。」

アラシヤマ「とりあえずどうしたらよいのでしょう?」「寝たら? 俺も眠いんだよ。」

キズナ「みんな。休めるときに休んでおいてくれ。また出ずっぱりになるかもしれない」

ヌレギヌ「そうですね。では新兵器の夢でもみながら眠ることにしましょう。」

キズナ「では解散。」「はっ」作戦室を出るメンバーたち。連絡要員のオカ隊員が残る。

大阪城地下基地サナダホークドック。忙しく立ち働くメンテスタッフ。

タテジマ博士「シマさん、どうです?ホークの具合は。」シマ保全長「エネルギーイオン管の何本かに漏れがあります。長時間の噴射が原因かと。」タテジマ博士「サナダビームの発射も影響したかも知れないなあ。」シマ「そうですね。とにかく故障は早く出てもらったほうがいいよ。」タテジマ「どのくらい修理にかかるかね。」シマ「丸一日はかかるでしょうなあ。」タテジマ「フーム。」「丸一日ねえ。」あごひげをなでながら。

発進カタパルトに着艦した「サナダホーク」は赤色の三角翼を横たえて今は眠っているようだ。メンテの人達の影だけが動いている。「大阪作戦第1号」は何とか終わったのだ。

2　地底怪獣対大阪防衛隊

地底怪獣出現　サナダ・ホーク機動せず

「大阪作戦第一号」でサルガゾーラとダッコラスの二大怪獣の侵攻をくいとめたODFであったが、サナダ・ホーク出撃の代償は大きかった。初陣にしてはやくも予算オーバー。活動資金を使い尽くし、作戦室を始めとする電気、光熱費。燃料代などが赤字となり、第二次作戦の遂行に早くも「黄色ランプ」が点灯したのである。
照明節電でうす暗いODF作戦室。キズナ隊長は暗がりで「大阪新報」新聞を読んでいる。
ヌレギヌ「見ました?今朝の新聞やテレビ。大阪防衛隊の活躍を絶賛してますよ。」
アラシヤマ「巨大蟹男、大怪獣を撃退だろっ。奴はヒーローだからな。」ちらりとホリー隊員の方を見ながら。
ローラ隊員「でも、大変なのはこれからよ。資金も燃料もなくてこの基地はどうなるのかしら。」
ホリー「サナダホークも燃料切れで発進不可能だそうです。」

アラシヤマ「そこだよっ。ここは人類を守る最期の砦のはずだろっ。崇高な目的があるはずなんだ。それが何だよ。資金不足って。そんなのつけにしとけばいいんだ。」

アラシヤマ「ねえ、隊長そう想いません？ハテナですよね。」

キズナ「人類の英知を結集したこの大阪城地下基地も、新政府の予算措置が増額されない限り宝の持ちぐされだ。みんなに伝えておく。これからは一層、みんなの「知恵と勇気」が必要な場面が増えることだろう。その覚悟だけはしといてくれ。」

隊員全員「ハッ」立ち上がり、敬礼する。

キズナ「ではこれから、交代制でアラシヤマとホリーはパトロール任務に就く。梅田界隈で謎の群発地震が発生している。ただちにＤＢ・・・ドリフター・バイクで出撃。地震の原因を調査せよ。」

ホリー、アラシヤマ「ハッ、了解。あっ、隊長、ＤＢって何のことです。」

キズナ「大阪キタ界隈の繁華街でも唯一機動力を発揮するマウンテンバイクのことだよ。」「ジ、自転車でパトロールするんでありますか。」「そうだ。寄贈された、ホンダのカブもあるのだが、わが基地は油が不足しておるのだ。徒歩よりはましだろう。」

アラシヤマ、ホリ隊員。「徒歩って。」絶句する二人。がっくり肩を落としながら作戦室を出て行く。前途多難だ。「カブって原付だろっ。新聞配達じゃないか。」大阪城隣から、散歩でもするかのように二台のチャリが発進していく。朝靄の梅田界隈を目指して。

謎の地震源を調査せよ

朝靄の大阪梅田地区・御堂筋界隈をパトロール中のＯＤＦ。「怪獣を見た」との通報もあり、アラシヤマ隊員とホリー隊員はドリフター・バイクに跨り、通報場所あたりの道路に開いた陥没跡を調査にやってきた。

そこには十メートル以上の巨大な穴が口を開けており、中は真っ暗で何も見えない。まわりは土砂や瓦礫が盛り上がり、「何かが」地下から飛び出た様でもある。「ボコッ」と開いた穴はここだけではなく、近くに点々と続いている。「ひえええ。これは凄い。」真っ暗な穴をのぞき込み絶句するアラシヤマ隊員。「この土砂の盛り上がりかたは下からの強烈な圧力で出来たモノですよ。」ホリー。

目撃者のおっちゃんは警官らに取り囲まれながら、必死で訴えていた。「あれはよう、モグラみてえでよお。おらが、そこんとこの牛丼屋で飯食ってたらよう、下からもの凄い突き上げが来て、牛丼ごとぶっとばされてよう。後わけわかんなくなったけどよう、でっけえ、真っ黒な怪物だったんだ。信じてくれよおー。」

おっちゃんは冷静さを失い、自分自身をコントロール出来ない。警官らに両脇を抱えられている。アラシヤマ隊員とホリー隊員はお互い顔を見合わせ、「何かが地下を徘徊している」と直感した。左腕のレシーバーはセンサーを備えており、地面に向けて調べてみると、揺れは不定期に続いており、生物らしき異常さを示していた。
アラシヤマ「こちらアラシヤマです。隊長、現認調査中ですが、どうやら巨大生物が地下から出現した跡の様です。目撃情報でもモグラの様な怪物だったとあります。」
キズナ「そうか、やはり怪獣か。しかし、相手が地下では我々としても手の打ちようがない。次に出たときに怪獣に移動探知器を撃ち込んで動きを監視できるように出来るかが、ポイントになるな。」
アラシヤマ「どうしますか。隊長。監視を続けますか。」
キズナ「アラシヤマは帰途に着け。ホリーはパトロール継続。交代にヌレギヌに行ってもらう。」ヘルメットと手袋を抱え、ヌレギヌ隊員は作戦室を出て行く。
アラシヤマ「ヌレギヌと交代だ。俺は還るが、後頼んだぞ。ホリー。」
ホリー「ハイ、怪獣出現に備えます。」とは言っても、武装は腰に抱える「サナダガン」のみで心もとない。そのうえ、ドリフターバイクでの警備は風をまともに受け、寒いことこのうえない。ポツンと巨大な穴の淵に立つホリー隊員。ビルの谷間に孤独の戦いが続く。

地底怪獣現る　危うし　ODF

「ブヘックショーン」余りの寒さにホリー隊員は身を縮める。御堂筋界隈のビル街に空いた巨大な穴。サナダガンを構え、辺りを警戒するが地底怪獣が現れた跡は大阪人が投げ捨てたと想われる荷物も散乱し、パニックの傷跡が生々しい。曽根崎署の警官以外人影も無く、ゴーストタウンと化している。「現れるのかなー」風に舞うピンクちらしにふと目をやりながらホリー隊員のパトロールは続く。

一方、こちらはＯＤＦ作戦室。節電対策中で暗がりの中では隊員の士気も上がらない。パトロールよりドリフターバイクで大阪を疾走してやっとのことで帰還したアラシヤマ隊員。「ゼエゼエ」と息も絶え絶えに作戦室に戻ってきた。「隊長、た、だいま帰りました。」

キズナ「ご苦労だった。やはり怪獣らしいな。次に大阪に出ないことを祈ろう。」

アラシヤマ「モグラか、オケラみたいな奴で全長十メートルはあるかと想われます。」

キズナ「ウム、少し休め。ああ、わしも頭痛いよ。」

ローラ・ミホ隊員がアラシヤマにコーヒーを入れて持ってきてくれる。「どうぞ。」

アラシヤマ「ああ、ありがとう。生きかえるよっ。・・・うん、美味い。」

ローラ「がんばってね。基地もこんな状態だけど。大阪人は皆期待しているわ。」

アラシヤマ「うむ、探知器も気になるしな。次に出てきたら俺がしとめてやる。」

アラシヤマ「隊長、次出てきたら、どうすんです。探知器は？」

キズナ「未定だ。タテジマ博士に話しはしてあるが。予算が増額されないと何も決まらん。無い袖は振れん。対怪獣用タフロボ「元気一発」もハンガーで眠っている。」

アラシヤマ「そんなんで、大丈夫なんですか。ここは地球防衛の最期の砦のはずでしょ。」

キズナ「それを言ってくれるな。俺もつらいんだよっ。」頭をなでながら。

アラシヤマ「フー。しゃあないですなあ。ああ、飯でも食って来ます。」作戦室を出て行く。連絡要員のオカ隊員がレシーバーをはずし、隊長に進言する。

「隊長、尼崎署より通報。市内駅前商店街に怪獣出現だ、そうです。」

キズナ「そうか、了解。ホリーにも伝えてやれ。ただし、帰還命令だぞっ。」

オカ「ハイ、隊長。」「ホリー隊員、ホリー隊員感度ありますか。ホリー隊員、・・・」

大阪東通り商店街をパトロール中のホリ隊員。「ハイッ。こちらホリー。感度良好です。何かあったんですか。」オカ「怪獣が尼崎市内に出現。ホリー隊員はただちに帰路に着け。」

ホリー「エッ、尼に怪獣があ。こちらではないのか。」サナダ・ガンに手を触れつつ走り出す。

対怪獣用戦闘タフロボ対モグランド　淀川土手決戦

大阪市内を警戒するODFをあざ笑うかのように尼崎に出現した地底怪獣「モグランド」。ドリフターバイクのペダルを踏み込むホリ隊員は焦る。「何とかしないと。」御堂筋を疾走する自転車から大阪城基地は遥かかなただ。「うーしゃぶいぞー」

尼崎商店街のアーケードをぶち抜いて姿を現した地底怪獣、オケラの様な巨大な手を振り廻し彷徨し、市民を震えあがらせている。「ボボボボボオオオーン」「逃げろー」「キャー」逃げまどう人々。警官の発砲ではほとんど効果はない。「ダメだ。どうもならん」

ＯＤＦ作戦室には緊急速報が通報されているが、今のところ警報だけだ。
アラシヤマ「怪獣だって?尼に?モグランド?そうか。わかった。」食事を終え仮眠中のところ緊急警報でたたき起こされたアラシヤマ隊員は不機嫌だ。
タテジマ博士とキズナ隊長は何か打ち合わせをしている。「ふむふむ元気一発を?なるほど。電池で。何とかなりますかな。」
キズナ「ローラ隊員、モグランドの進路はどうなっている?」
ローラ隊員「怪獣は商店街から東へ移動中。まもなく淀川へ侵行する可能性大です。」
キズナ「そうか。ヌレギヌとホリーの帰還はまだか?」「まだです。」
アラシヤマ「隊長っ、出動しましょう。」キズナ隊長を促すが隊長は隊長席にどっかとすわったままだ。天井をにらみ決然とした表情だ。そこへヌレギヌ隊員がタテジマ博士と共に還ってきた。ヌレギヌ「隊長、電波発信器は完成です。出動するんですか?」
キズナ「ふむ、そうか。よしっ。これより大阪防衛作戦第２号を発動する。我々ＯＤＦは怪獣戦闘用タフロボット「元気一発」を使用し、淀川を第１次防衛線とし、地底怪獣モグランドの侵行を阻止する。ロボットの運搬にはキャリアトラックを使用。元気一発の始動には寄贈されたナショナル乾電池キングパワーの直列接続により対応する。タフロボのパイロットはローラ隊員に任せる。キャリアの運転はヌレギヌ。後方支援はアラシヤマとホリに頼むことにするつもりだが、何か質問はあ。」
隊員全員諸手を挙げて「ハイッ、ハイッ、ハイッ隊長しつもーん」

「電波発信器は誰が発射するんですかー」「怪獣が淀川を越えないとどうするんですかー」

キズナ「まだ考え中だ。まず、電池での元気一発の始動が上手くいくかどうかだ。ヌレギヌはタテジマ博士を手伝い始動に全力を尽くせ。」

ヌレギヌ隊員「了解。」そそくさと作戦室を出て行く。タテジマ博士も後を追う。

立て、元気一発！戦闘タフロボ始動

警戒警報が鳴り響く大阪城地下基地。地下のサナダホークの発進カタパルトの脇には、地上活動用のODFの秘密兵器のタフロボ「元気一発」や戦闘指揮車、キャリアトラック、ドリフターバイクの格納倉庫が在る。寄贈されたカブもシマ保全長ら保守スタッフに改造され「リトル大阪」と名を変え出番を待っている。

元気一発は本来、最新型のバッテリーで始動する対怪獣用戦闘ロボットでありコックピットは狭い。故に女性隊員のローラ・ミホ隊員が操縦するのだ。しかし、現在ODFは予算を使い果たし、稼動可能の機体は自転車のみである。そこでタテジマ博士の発案で、旧世界で未使用のまま残っていた乾電池を充電に使うキングパワー作戦が試されることになったのだ。「乾電池でタフロボが動くのか」保守スタッフの表情も不安げである。

コックピットに乗り込むミホ隊員はだまりこんだまま。「・・・」

スタッフらと電池接続の改造に取り組むヌレギヌ隊員は必死だ。「早くしないと」

シマ保全長。「慌てず、確実に接点を確認しろっ。慌てるなよおー」自分に言いきかせるかのようだ。「接続完了しました。」「よーし、試運転だ。」「ローラちゃん頼むぜ。」
ローラ隊員「電源始動開始します。スイッチ・オン・・・始動開始・・青ランプです。」
シマ保全長「うーん　来てるなあ。よしっ、キャリアへ移動だ。ヌレギヌ準備いいか?」
ヌレギヌ隊員「現在、準備中。・・・キャリア始動・・・接続準備完了。」
シマ保全長「よおーし　ミホちゃん　上手くやれよっ」
ローラ隊員「元気一発始動ううう。キュイイイーン」。ハンガーに立ち上がる戦闘用レイバー。ローラ隊員の操縦により、キャリアに乗り込む。「チューイイイン。ザー」
ヌレギヌ隊員「ローラっ　上手くいったぞ。搭載完了だ。」
ヌレギヌ隊員「隊長、こちらは元気一発の始動、搭載を完了しました。」
キズナ「よくやった。ヌレギヌ、ローラ。準備出来次第淀川へ向け出発せよ。」
ローラ隊員「了解。」
キズナ「アラシヤマは電波発進器を携行し、戦闘指揮車でホリと合流後、後を追え。」
アラシヤマ「了解。指揮車の油は大丈夫なのでしょうか。」
キズナ「救いの神、大阪人民の寄付でいただいた油だ。失敗は出来ないぞ。」
アラシヤマ「ハッ　只今より淀川へ向け発進します。」ヘルメットとサナダガンを携行し作戦室を出て行く。

大阪作戦第2号開始

緊急警報が鳴る中、発進準備中のODF。ハンガーは走り廻る保守スタッフが入り乱れ騒然としている。「ウイーン　ウイーン」戦闘指揮車に乗り込むためハンガーに降りてきたアラシヤマ。そこへホリー隊員がドリフターバイクでヘロヘロになりながら還ってきた。
「おお、ホリー。大丈夫かあ。発進命令が出たぞ。」「ぜえぜえ、ほんとでありますか。」
アラシヤマ「俺達は淀川へ進撃し、元気一発のローラ隊員を支援する。乗れ。」
ホリー隊員　ドリフターバイクをひっくり返し、戦闘指揮車に乗り込む。「やあ、よく動きましたね。」　ぜえぜえ息がきれる様子。
アラシヤマ「ほれ、食いもんだ。疲れてるだろっ。お前。」非常食のおにぎりとお茶のボトルをホリ隊員に渡す。「食えるときに食っておけ。次いつ食えるかわからんからな。」
ホリー「ありがとうございます。腹へってねえ」。おにぎりにぱくつく。彼の右半身は蟹化しているが器用に蟹手を使い食べている。「ああ、美味い。だいぶ元気でましたよ。」
アラシヤマ「隊長、ホリーと合流完了。只今より発進します。」
ヌレギヌ隊員「準備は完了してます。」
キズナ「了解」
大阪城横のデイフェンス・ゲートが開く。「ウイーン、ウイーン、ウイーン」

ハンガーの保守スタッフらの見送りだ。「がんばれよー。生きて還ってこいよー」

ホリー隊員「何だか戦艦大和の出撃みたいですなー」

戦闘指揮車を先頭に、レイバーキャリアが続いてゲートを出て行く。

シマ保全長「奴らのことだ。上手くやるだろう。」打ち振る帽子を片手に持ちながら。

国道沿いを一路淀川河川敷を目指すＯＤＦ。行き交う大阪人は皆驚いて振り返る。

「何じゃあれは、でっかいタフロボキャリアだな。噂の大阪防衛隊か？」

一方、尼崎商店街で大暴れした、モグランドは住宅街の軒先に現れ、市民を恐怖に陥れていた。警官の発砲で淀川近くまで誘導されて来ていた。「このまま大阪市内へ入ってくれ」祈るような気持ちだ。

淀川の土手沿いに進撃してきたＯＤＦ。モグランドの近く淀川大橋を挟んで大阪側の河川敷に到着した。アラシヤマ「隊長、現地に到着。モグランドは未だ対岸です。」

キズナ「そうか、元気一発を起動させ、待機せよ。」「了解。」

ヌレギヌ隊員「ローラ、準備いいか。キャリア立ち上げるぞ。」ローラ「了解。」

淀川土手決戦

淀川の土手っぺりで地底怪獣を待ちぶせする大阪防衛隊。起動した「元気一発」がキャリアから立ち上がると、見物するやじ馬らは拍手喝采だ。「がんばれよー」「怪獣をやっつけろー」口々に叫んでいる。

タフロボ内のミホ隊員。「緊張します。」

キズナ隊長「ローラ、肩の力を抜いていけ。まだまだ先は長いぞ。」

通報によると暴れていたモグランドは再び、地下に潜ったらしい。現在、所在不明だ。この後いつ、何処へ出るのか誰にもわからない。防衛隊の面々も渋い表情だ。

指揮車のアラシヤマ「ちくしょう、怪獣めっ。また逃げやがってぇ。」探知器を持ちながら悔しそうにつぶやく。「この後、どうすりゃいいんだ。俺達。」

ホリー隊員「待つしかないんですかねぇ。」土手沿いにはテレビの中継車も集まってきた。

アラシヤマ「ここで失敗すると俺達はいい見世物だっ。」マスコミを眺めながら。

チュイーン。タフロボの電源の作動音のみがあたりに響く。

立ちっぱなしではそのうち「元気一発」の電池も切れてしまう。どこまで「待機」するのか。「フー」ヌレギヌ隊員がため息をつく頃、指揮車に通報が入ってきた。

「モグランドが土手の上方、大阪側に出ました。」

アラシヤマ「距離は?約一キロぐらいか。そうか。隊長、発信器を撃ちこむ許可を」

キズナ「ローラは怪獣の侵攻をくいとめ、アラシヤマの射撃の援護に努めろ」

ローラ隊員「了解。」指揮車が走りだすと、元気一発も「チューイイン」と土手沿いを怪獣めざし歩き始めた。「チュイーン、チュイーン。ギー」ホリー隊員はもちろん何かあればクラブマンに変身するつもりだ。走る指揮車の視界に河川敷に穴を開け出てきた「大モグラ」が映るとサナダ・ガンのホルダーに手をやる。アラシヤマ隊員はカートリッジ化した発信器をサナダガンに装填し、射撃に備える。「いよいよお出ましだな。モグランド。覚悟しろよー」淀川土手っぺりで対峙するモグランド対元気一発。「チュイーン」「いきまーす」ミホ隊員は右のクロスカウンターパンチでモグランドの顔面を狙う。「ドッゴオオン、チュイーン、ボボボッ、グググッ、チュイーン」左からはアッパーパンチでモグランドを攻撃するがモグランドは以外に身軽で、スコップのような手でパンチを上手く防御している。「ボボボボッツ」下半身は穴に入ったままで元気一発ともみあっている。

指揮車から発信器の発射の機会を伺うアラシヤマだが、なかなか照準が定まらない。

淀川土手決戦

アラシヤマ「うーん。」額から脂汗が流れるが、モグランドは動きが早く照準が定まらない。

「くっそー」「俺がサナダガンで援護します。隙を見て撃ちこんでください。」ホリー隊員。「キャー」ローラ隊員の悲鳴が響く。モグランドの大手にはさみこまれ、元気一発は身動きが取れない。怪獣を痛めつけるはずが、振り回されている。「チュイーン、チュイーン」電池の限界も近い。「キャー」モグランドに元気一発が振り飛ばされた瞬間、ホリー隊員のサナダガンが火を噴いた。「ドンッ」猿飛の兵法の伝統火薬を仕込んであるサナダガンの一発は破壊力抜群だ。「ボッツ」命中するとモググランドは少しひるんだ。「今だ。」アラシヤマ隊員のサナダガンも遂に火を噴いた。「ドーンッ」カートリッジ装填弾はみごとにモググランドに命中。発信器がとりつけられた。これで、モググランドが何処にいても場所を確認出来るのだ。「隊長、発信器命中しました。怪獣は少しひるんだ様です。」キズナ「よくやった。あまり無理をするな。様子をみるんだ。」
「ボボボボッツ。」モググランドはうごめきながら、地底に潜った。
「チュイーン、チュイーン」ぶっとばされたミホ隊員はコックピットで必死で元気一発の姿勢を制御し、立ち直ろうとしていた。「痛いじゃあなあいのー。やってくれたわね。」
アラシヤマ「ローラ、大丈夫か?モグランドは潜ったぞ。様子を見るんだ。」
ローラ隊員「バランサーを少しやられたようです。右足がおかしい。」
バランサーとはその昔、大阪府内の零細企業の開発したバランスを取る特殊技術だったがこの頃は大手の産業機械にくみこまれるようになっていた。
夕闇迫る冬の淀川の土手っぺりに立ちつくす、戦闘用タフロボ元気一発。一発もそのコークスクリューパンチは命中していない。モグランドにひっかきまわされドロドロだ。
キズナ「これで、五分と五分だな。モグランドの侵攻方向は?」
ヌレギヌ「現在、東へ時速二十キロで移動中です。大阪へ侵攻中です。」
キズナ「うーむ。困ったな。どうしたものか。タテジマ博士妙案ございますか?」
タテジマ「あの発信装置には、爆弾が備え付けてあります。最期の手段ですが。」

キズナ「破壊力は？」タテジマ「サナダ・ビームをカートリッジ化したモノですから、かなりの破壊力かと。安全地帯へ誘導する要ありです。」

キズナ「安全地帯か。公園か、道路か。どこがいいかな？」

タテジマ「緑地か、万博公園跡か、大阪は工場地帯が密集してますからな。爆発で被害が出る危険が在ります。人口密集地域での爆破は避けてください。」

モグランド爆破作戦

淀川の土手に立ちつくす戦闘タフロボの背後には冬の夕闇が迫る。大阪防衛隊の努力も空しく、モグランドには逃げられてしまった。このままでは大阪市内が危険だ。ＯＤＦではモグランドに取り付けた発信器兼爆弾をモグランドが服部緑地辺りに来たとき、地下で爆発させる最終案を遂行することにした。

ＯＤＦ作戦室。

オカ隊員「モグランドの進路は変わらず、東へ向かっています。」

キズナ隊長「進路方向の地域に避難命令を出せ。アラシヤマかホリーッ。応答せよ。」

アラシヤマ「ハイ、隊長。」

キズナ「後、一時間後に安全地帯に出たのを確認後、モグランドを爆破する。」

アラシヤマ「緊急爆破を行うんですね。隊長。」キズナ「緑地帯か山岳部で行うので用意しといてくれ。爆破スイッチは指揮車の中だ。ホリーも手伝え。いいか？」

ホリー「了解。」コックピット内のパネルの赤いレバースイッチを見つめる・・・

苦戦はしたものの、モグランドに発信器を命中させることに成功した瞬間に勝負は決したのだ。後は、サナダ・カートリッジ爆弾の爆破命令を待つだけだ。

淀川土手では、レイバーキャリアに回収中の元気一発や行き交う警官らで騒々しい。

アラシヤマ「御堂筋のあの大穴はアイツだったんだな。どっから湧いて出たんだ。」

ホリー「戦闘タフロボ　よく動きましたねえ。このサナダガンも有効でした。」

ヌレギヌ「いやあー疲れたよ。元気一発の電池も限界だ。ローラも疲れたろ？」

ローラ隊員「・・・」モグランドにぶっとばされただけというやるせなさが残った。

マスコミや見物の猫や杓子も「結局どうなったの」と怪訝な表情で騒いでいる。

淀川土手も西に陽が傾き、夕闇が迫ってきた。

作戦室。キズナ隊長。「怪獣の位置は」オカ隊員「現在、山岳部、安全地帯です。」

「避難状況は」キズナ「非難は完了しています。」オカ。レーダー画面をタテジマ博士も見つめている。キズナ　レーダー画面を凝視しつつ、アラシヤマに爆破命令を出す。

キズナ「ただちに爆破せよ。」アラシヤマ「了解」。

戦闘指揮車内でアラシヤマのうなずく姿を見届けると、ホリー隊員は爆破スイッチを押した。「点火確認。」「爆破。」大阪北部の山岳地帯の地下で爆発が確認された。

キズナ「爆破作戦終了。ＯＤＦは基地へ帰還せよ。」北大阪で怪獣の侵攻は阻止された。

大阪防衛隊の限界

　大阪作戦第一号で大怪獣ダッコラスとサルガゾーラの侵攻を阻止したＯＤＦ。大阪湾で燃え尽きたサルガゾーラはまだ日本列島のいたるところに残存している。被害が出ていない近畿、四国、九州の一部が人々が生き残る地域である。本来であれば、防衛軍がサルガゾーラの侵攻を阻止するはずなのだが、もはやＯＤＦを残し、戦闘能力は尽きた。
　地域の残存警察のがんばりで治安はかろうじて維持されてはいる。しかし、関東から避難してきた人々らで近畿二府四県の人口は急増した。避難地域に供給される食料も少なく大阪大正そばの海上に在る「新首府庁舎」の前途は多難だ。ＯＤＦの緊急運営予算の増額がオダマリ首相の決裁により、ようやく決定はした。増額と言ってもサナダホークが２、３回出撃すればあっという間に尽きてしまう程度の予算である。今後の怪獣防衛対策、大阪府民の安全対策を運営していくには余りにも心もとない現状なのである。
　大阪地域防衛隊作戦室
ホリー「隊長、予算増額が決まったそうですね。よかったですね。」
キズナ「雀の涙ほどだからな。ああ、頭痛いよ。これからがなー。」
アラシヤマ「緊急首府の連中はＯＤＦをなめてるよ。どないせいちゅうねん。」
ヌレギヌ「厳しいなあ。これでは戦闘を二、三回やるとたちまち行動不能ですよ。私達。」

キズナ「日頃は可能な限り弾薬の節約に努め、事件がおきれば一撃必中。日本の防衛隊はそういうことになっとんだ。」
オカ隊員「隊長、各地域からサルガゾーラの報告が入っています。救助を求めていますが。動かなくていいんですか？」
キズナ「大阪以外は無視しろ。ＯＤＦの目的を忘れるな。残酷なようだが、結局のところ殺られるのが早いか遅いかの違いだ。我々は常に最期の砦として存在しなければならない。大阪府民の希望であり続けなければならない。」
ホリー「おのずと限界が在る訳ですねえ・・・」
キズナ「我々は地球最期の生き残りだ。大阪を守ることが人類の再生、発展につながるよう最大限努力しなければならないんだ。それが生き残った者の努めだ。」
ローラ・ミホ隊員「隊長、通天閣上空にＵＦＯ・未確認飛行物体が現れました。」
キズナ「何だってえ。未確認飛行物体？　付近の監視モニター出せるか？」
ローラ「第九地区監視モニターの映像です。」作戦室のモニターに円盤が映る。

観光宇宙人

大阪通天閣上空に突如として飛来した未確認飛行物体。行き交う人々も「何事かー」と空を見上げている。「円盤だー」「宇宙人だー」アダムスキー型の疑いようもないＵＦＯ。空中を音も無く漂うだけで、大阪人をとりこにしている。「驚愕の表情」で硬直する人らをよそに「ラッタッター」と「リトル大阪」でやってきたホリとヌレギヌ隊員。

「カチャッ」スタンドにバイクを立て、通天閣を見上げると塔越しに円盤が漂う。音も無く不思議な雰囲気だ。「ハアー　あれはまぎれもなくアダムスキー型だなあ。」ヌレギヌ隊員は周りの大阪人らと首をかしげる。ホリー隊員はサナダ・ガンで警戒しつつ当たりを伺う。驚く大阪人以外、特に変わったところはない。鄙びた商店街も健在だし、たこ焼き屋やくしカツ屋などのいいニオイも漂う。「らっしゃーい。らっしゃーい。」ありふれた日常と空を見上げればＵＦＯ。「宇宙人の侵略」にしては平和すぎる風景だ。

「どうしたもんだか。」ヌレギヌ隊員。「隊長、どうしますか。」

キズナ「通天閣展望台に異星人が現れたようだ。現状、確認せよ。」

ホリーと、ヌレギヌ「それっ」威勢よく通天閣内に飛び込んでいく二人。

展望台に突如現れた異星人は三人。細くひょろひょろの肉体は人間型のようで、歩いているのか、空中をスーッと移動しては大阪人を驚かせている。「きゃー、おばけー。」「宇宙人だー。」音も無く展望台内を大阪の風景を眺めるように徘徊する宇宙人。

「と・き・ぽ・き・き・か・き・こ・」宇宙人の発する声を聴いてみやげモノ屋のおばちゃんは腰を抜かした。「あなたら、誰ええ？」

「わ・た・し・た・ち・リョ・コ・ウ・ち・き・ゆ・う・き・た」宇宙人らは瞬時におばちゃんの驚愕の質問を日本語に翻訳し、理解し、解答してきたのだ。

「旅行だって。ほんとなのか。」ようやく展望台に到着したホリ隊員がサナダ・ガンを構えつつ、走ってきた。ヌレギヌ隊員は階段でけつまずいて、大きく遅れた。

地球に、この大阪に、「観光に」来たというエイリアン。三人は静かに語る。

「み・ど・り・の・ほ・し・ち・き・ゅ・う・め・ず・ら・し・い」

彼らの星はアンドロメダ大星雲の彼方、銀河漫遊の途中で美しい星「地球」を見つけ、人類の住むこの「大阪」を観るために立ち寄ったというのだ。人類も地球の緑も異星人には珍しく映るらしい。展望台から大阪中を眺め、ビリケンさんを不思議そうになでる異星人。

ホリー「隊長、彼らエイリアンはM宇宙十八星人で目的は大阪観光です。」どうします？

観光宇宙人

通天閣の展望台に出現した異星人・M十八星人。浮幽霊のように漂いながら大阪府内を俯瞰している。サナダ・ガンで警戒していたホリ隊員も「観光目的」と聴いて、銃をとりあえずホルダーに格納した。
遅れて来たヌレギヌ隊員も、M十八星人の目的を聴き困惑の表情だ。キズナ隊長「我々の目的は平和である。争うことは可能な限り避ける。ホリーッ、よろしく頼む。」
ホリー隊員「頼むっていわれても、困りますよー、隊長。」
キズナ「出来るだけ、友好を深め、穏便に撤退願おう。それしかない。」

ホリー「理解りました。友好に努めます。」M十八星人に近づく。「私はホリー。地球防衛軍です。」「何か、希望はありますか。」

M18星人　ホリ隊員をチラリと見て、「あ・の・た・べ・も・の・な・に・」と商店街の人だかりを指差す。オペラグラスのヌレギヌ隊員が「あれはくしかつという食べ物です。」と身振り、手振りで説明するが、大阪庶民の食物とアンドロメダ大星雲の彼方の星人の味覚が合致するとはとても思えない。「ぴ・け・た・こ・し・ろ・ほ・」M18星人らはお互いの顔を見合わせ、「ぜ・ひ・も・ち・か・え・り・た・い」と翻訳してきた。

ホリー隊員「ゲッ、く、くしかつをー。りょ、りょーかいです。しばし、お待ちを。」とヌレギヌ隊員に目くばせをする。「よし、わかった。手に入れてくるから待ってロー。」あわてて、塔を降りていく。「タッタッタッ、ズデーン。またこけた。テテテテ。」

大阪名物のくしかつの到着を待つあいだも、宇宙人らは極めて静かだ。彼らは空間を漂っているだけで、足は地面についていない。

ホリー「ホンマに幽霊みたいなやっちゃなー。これでおとなしく帰ってくれるんやろか。」

上空の円盤はそのまま空間に静止したままである。妙な緊張感だけがホリ隊員の廻りにただよう。売店のおばちゃんは「驚愕の表情」のまま硬直したままである。

時間の流れがすごく遅く感じ、ホリー隊員がエレベーターのドアの開くのを待ちくたびれていると、ようやく、ヌレギヌ隊員がアツアツのくしかつの包みを抱えて帰ってきた。

ヌレギヌ「どうも、お待たせしましたー。これが、ご希望のモノです。」と星人3人の前で包みを開く。宇宙人は興味深げに「くしかつ」を観察している。「と・き・き・」星人「こ・れ・か・ら・ま・ん・ど・で・す」と手品のように目の前に紙の切れ端のようなモノを転送してきた。

観光宇宙人故郷へ帰る

大阪通天閣展望台に現れた、M十八星人が地球に飛来した目的は「観光」であった。大阪庶民の味覚「くしかつ」を前に、大量の紙切れらしきモノをホリ隊員に差し出す。ホリ「？　カラマンドって　なんだー」。手に取り紙きれを見るとM十八星人らしき顔が映っている。「そうか、これはお金だー。紙幣なんだ。」うなずく星人。

アンドロメダ大星雲のはるか彼方のM星雲と太陽系惑星の地球人が初めて、「交流」できた瞬間だった。見つめあうホリー隊員とM18星人との間にはみょーな「空白」が生じていた。「ふっと」我にかえり、「これからどうするんですか。」ホリ。

星人は「ぎ・ん・が・た・び・つ・づ・け・る・」

上空の円盤に何事か、合図をすると、ホリー隊員の眼の前から「スーッ」とくしかつが転送されて消えた。「おお、く、くしかつがー、き、消えた。」

驚くホリー隊員を見ながら、星人三人はお互い、目くばせをする。すると、彼ら3人もスーット転送され、消えていくではないか。「おおおー」言葉を失うホリー。

ほんの二、三秒で眼の前から宇宙人の姿は消えた。ボーゼンと立ちつくすホリ隊員の足元には大量の「ケラマンド」が残されていた。宇宙紙幣を1枚拾い、ヌレギヌ隊員も今までのことは「本当だったのか。?」信じられない様子である。

硬直したままの売店のおばちゃんを見て、ホリー隊員は我にかえる。

「隊長、星人は帰りました。どうやら、危機は去った模様です。」

キズナ「ご苦労さん、けが人はいなかったか。」ホリー「女性店員が失神しています。ヌレギヌさんも足を怪我した様子ですが、他には特に。」

キズナ「よし、後の調査は府警にゆずり、ふたりとも帰還せよ。」

ホリー「UFOを見届けてから、帰ります。」見上げれば、まだ、M十八星人の円盤は通天閣上空だ。塔の下にはアダムスキー型円盤をひとめ観ようと大阪人がわんさか集まっている。

「円盤だー。」「本当だー。」「宇宙人だー」「宇宙人の襲来だー。」猫も杓子も好き勝ってに叫んでいる。

地上に降りてきた、ホリー隊員とヌレギヌ隊員は「二人だけのひみつ」を胸に秘め、「リトル大阪」に跨ると「ラッタッター」とエンジン音を響かせて大阪城地下基地めざし、走り出す。上空の円盤も音も無くスーっと動き出し、いずこへ消えていったのである。

「大阪作戦第三号」は終了した。

真田幸村隊のマークがシンボルの陸上自衛隊（伊丹）の旗

第二信濃のモデルとなった海上自衛隊の護衛艦

3　最終章　新大阪局地防衛戦闘部隊

時は二十一世紀も終わり頃の地球。

海洋汚染が進行し、「腐臭海」と呼ばれる「死の海」の恐怖と戦う人類。日本列島は関東を含め、東日本が「腐臭海」に呑み込まれ、「首府・大阪」を含む、近畿、西日本、九州地域のみとなってしまった。「腐臭海」の怪物「サルガゾーラ」は日々、人類の生存を脅かし、「首府大阪」にも迫ってくる。

大阪上空をパトロール中の、夜間偵察機「月光」。

「海に変な漁火のような紅い光が見える」との貝塚市の漁師らの報告を受け、「大阪局地防衛部隊」に編入された、「空母・第二信濃」より発進しやってきたのだ。

「ギュイーイイン」海岸線を南方向へ、「月光」は低空で飛行中だ。

アマダ隊員「こちら月光ワン。目標海域を調査中・・現在、異常なし。」

大阪城地下基地
陽炎副隊長「ええ、そう。今は凪のしずかな海なのね。了解。もう少し、旋回して調査の上異常なければ、信濃へ帰還しなさい。」

アマダ隊員「了解。」貝塚上空を低空で「月光」はホバリングしつつ飛んでいく。凪いだ海に、風圧でそこだけ波しぶきが立つ。「紅い光」などどこにも見えない。

アマダ「ふん。無駄足だったか。」しばらく月光は辺りを警戒の後、夜空にその機影を沈めるように消えていった。
現場付近の海域。静かな海に紅い光点が現れては消えている。漁師の言う漁火なのか。
漁師A「変じゃのう。あんなもん。ここいらには出えへんし。何じゃろか。」
漁師B「防衛軍も還ってしもたし、気のせいじゃねえか。」
ポツリ、ポツリと幻のような紅い光点は、ゆっくりと北へ動いているようだ。
飛行機からは見えないし、漁師からは見えるとはそれも変だ。
漁師A「気味悪いなー。サルガゾーラじゃねえか？」
漁師B「おとろしー。怖いことというでねー。海出れなくなるじゃねえか。」

謎の巨大生物現る

こちらは、大阪湾南方を紀伊水道に向けて航行中の貨物船「ゆめしま丸」

最近は「ダッコラス二世」など、腐臭海の怪物も現れるようになってしまった大阪湾。夜間航行中も、マストに警戒、監視の見張りを常駐させ自衛策を施している。静かな海だったが、突然、船底に「ガガガガー」と何かが当たる異音がし、夜間監視のソラタニ航海士はマストから振り落とされそうになる。

「うわっ。な、な、なんだ。」かろうじて手摺にしがみつき、海への転落はまぬがれた。

「船の下を何かが徘徊している！」無線のマイクにしがみつき、船長へ連絡しようとするが、また「ガ、ガガーン」とすごい突き上げが来て、ソラタニ航海士はマストから弾き飛ばされてしまった。「グワアアア。ギャアアア」海へ転落だ！

操舵室　壁にとばされる船員たち。

船長「何かにつかまれえ　飛ばされるぞ！」

船員O「船長、船底に亀裂が！　海水が入ってきた　原因不明」

機関室「こちら機関室、ボイラー室に浸水。」

甲板員「大変だあ。ソラタニさんが転落したぞー」

船長「何とかしろー。」舵をにぎったまま右にも左にも動けない様子。

無線室「こ、こ、こちらは・・ゆめしま・ま・る　緊急事態発生！航行不能」

「ドドドドググウー」船の前方の海が信じられないことに盛り上がっていく。なすすべも無く、舵をにぎりしめる船長。「もうだめかもしれんな。」

次の瞬間、紅黒の壁が大量の海水とともに操舵室上方から襲ってきたのである。

「ドドドドオオー」

「ギャアアアア。」凄まじき衝撃で爆発が起こり、貨物船「ゆめしま丸」はあっという間に真っ二つに裂け、海の藻屑となって沈んでいった。

「ドグワワアン」爆発の後、海には「ゆめしま丸」の漂流物だけが浮いていた。ひとつの板きれには、振り落とされたソラタニ航海士がつかまっていた。

ソラタニ「海老だ。海老だ。あれは海老だ。バケモンだ。」
大阪湾に異変が起こっている。海老の怪物とは何だ？

後日、奇跡的に助け出されたソラタニ航海士は病院に収容された。
病室内　診察する医師と看護師。面会する警官と大阪防衛隊隊員。
医師「今、患者は眠っています。安静が必要です。」
心配気なホリー隊員。「職質は無理ですね。」
警官「収容されてから、ずっとうわごと言ってたみたいですね。」
ホリー「何と？」
警官「海老の尻尾」だと。

大海老怪獣現る

ホリー隊員「エ、海老ですか？」
警官「どうやら船は巨大な海老の尻尾にやられたんじゃないかと」
ホリー「ゆめしま丸は全長百メートルもある船ですよね。信じられません。」
警官「実は私もなんです。」目くばせする。
病室を出たホリー隊員はサナダ・レシーバで作戦室へ連絡を入れる。

大阪城地下基地　作戦室

事故現場海域の海図を調べるアラシヤマ隊員の横でオカ隊員が通信席より女性で歴戦の勇士、陽炎副隊長めがけ進言する。

オカ「副隊長。ホリーさんからです。」

陽炎「どう?被害者の様子は　証言は取れた?」

ホリー「信じられないことですが、海老の尻尾にヤラレタとのことです。」

陽炎「海老に!貨物船が真っ二つにされたの?信じられないわね。」

ホリー「腐臭海で変異した奴が出たのかも知れませんね。オレは蟹だし。」

陽炎「とにかく警戒が必要ね。大阪湾に緊急警報を出すわ。」

陽炎「ホリーさんは戻って」

ホリー「了解」病室の窓からは乗ってきた戦闘指揮車「サバイバル」が見える。

海図をチェックしていたアラシヤマ。

「大ダコの次は大海老か・・大阪湾は大丈夫なんだろうか。」

陽炎副隊長の廻りにヌレギヌ隊員やローラ隊員も集まってきた。

「みなさん。どうやらまた海からの侵入者よ。オカさん。緊急警戒警報を大阪湾一帯に発令するのよ。」オカ「解かりました。」通信席に向き直る。

ヌレギヌ「海老か。想像つかんなあ。上陸してくるんだろうか。」首をかしげる。

陽炎「防衛海軍に協力をお願いするわ。潜水艦部隊「ファイヤーマリンに」

防衛海軍の生き残りは、大阪南港に空母「第二信濃」を旗艦として、集められ待機している。いっちょう事あれば、ODFの前線部隊として、活躍が期待されているのだ。
陽炎「沖村艦長。大阪湾を不可能巨大生物が徘徊しています。潜水艦での出撃は可能ですか。」
空母「第二信濃」沖村艦長「ファイヤーマリン部隊で迎撃出来ます。」
陽炎「よろしく、何とか怪獣の上陸を食い止めて下さい。」
沖村「解かりました。」
ヌレギヌ隊員「ファイヤー・マリン隊とは何です。」
陽炎「超電磁玉砕魚雷搭載の最新鋭潜水艦部隊よ。」
ヌレギヌ「超、電磁、玉砕砲搭載しているんですか。そいつは凄い。」
ローラ「でも、ひとつ間違うと、大阪湾は火の海になるわ」

ファイヤー・マリン隊出撃

こちらは紀伊水道近くの海底を潜行する防衛海軍の生き残り、「ファイヤーマリン一一五号潜水艦」。通常の警戒レベルから、戦闘配備体制に一変した艦内。緊急警報が鳴り、狭い艦内は走り出す兵士で緊迫していた。「緊急警戒、緊急警戒。不可能生物出現。大阪への上陸を阻止せよ。魚雷発射管を開けえ。」

艇長ソウダ「ソナー感度上げよ。深度二百を維持。」
潜水兵A「前方八百、感あり。スクリュー音なし。」
参謀イバ「どうしますか。鯨でしょうか。」
ソウダ「貨物船を襲った影は巨大な海老だったそうだ。信じられんことだが・・」
ソウダ「こいつはクジラじゃない。アンノウンだ。直ちに超電磁玉砕魚雷発射用意」
魚雷格納庫
魚雷戦士タダ「一号と二号発射準備完了」
ソウダ「一号、二号連続発射！」「シュドドー」ついに、ファイヤーマリン号から魚雷が発射され、前方からやってくるアンノウンめがけ、一直線だ。「シュルルルー」・・・
二、三秒後　海底に鈍い爆発音。「ズドドドーン」
潜水兵B「電磁魚雷命中確認！」
一発で、大阪湾を火の海にする威力のある超電磁玉砕魚雷。それが、2発とも命中したのである。ソウダ艇長が「ほっと」胸をなでおろす気持ちも理解できる。
狭いファイヤーマリン号の壁に各自、非常体制でへばりついていた海兵たちも「連続命中」と聴いて思わず「ワッ」と歓声をもらす。
レーダー作業員「前方障害物確認できず。消えました。」
ソウダ艇長「よし戦闘配備を解除。各機関、点検の上報告。異常なければ浮上だ。」
非常灯だけの艦内は赤暗い。動きだした兵士たちには笑顔も垣間見える。

イバ参謀「このファイヤーマリンは、先の東京決戦でも、サルガゾーラの中、やつらを燃やして還ったんだ・・負けるものか。」自信ありげに叫ぶ。
レーダー士「艇長！前方六百。ソナー感。巨大な奴です。」
ソウダ艇長「何だと。」凍りつく艦内。超電磁魚雷を喰らっても平気な怪物などが存在するのか。
ソウダ「ウーム。」「どうしますか。」「魚雷発射しましょう。」
ソウダ「回頭だ。三百六十度。」
イバ参謀「逃げるんですか。艇長。」
ソウダ「そうだ。」
ソウダ「急速潜行、深度八百！」ファイヤーマリンは海底深くへ沈降していく。
ソウダ「信濃へ緊急連絡。敵、迎撃不可能。」
レーダー士「敵はスピードを上げて本艦を追ってきます。このままではつかまります。」

大海老対大ゲソ

大阪湾近くの紀伊水道の海底深く、繰広げられる、潜水艦ファイヤーマリン対謎の巨大生物。「超電磁玉砕魚雷」を二発喰らっても平気な不可能生物にファイヤーマリンは追われているのだ。

レーダー士「本艦との距離、四百。尚、接近中。艇長、どうしますか」
ソウダ艇長「もっと深く潜れ。逃げ切るんだ。」
イバ参謀「深度八百五十か・・」ため息が漏れる。「だめだ。」
悲壮感漂う艦内。ファイヤーマリンの命運も尽きたか。
その時、反対方向から急接近してきた未確認物体が、不可能生物の方に、進路を変えた。
レーダー士「何でしょう。かなりの大きさです。ソナー・・ありません。」
ソウダ艇長「よし。今だ。急速浮上。海上へ出る。」
レーダー士「只今、二大生物は衝突した模様。ソナーに鳴き声のような音が。」
艇長「流してみろ！」「了解」
ファイヤーマリンの艦内にソナーが捕らえた敵の音声が流れ出した。
「キュイーン」「ズゴゴゴゴ」「キュイーン」「ズゴゴゴゴ」繰り返しである。
イバ参謀「何だ？これは？聞いたことがないな。」
操縦士「深度、二百まで浮上。もう少しです。」
艇長「潜望鏡用意」「浮上準備」慌しくなる艦内。
イバ参謀「潜望鏡深度に浮上」
ソウダ艇長　潜望鏡を覗き込む・・「少し荒れているが、問題ない。浮上」
ついに、深海八百メートルから、ファイヤーマリンは波間を掻き分け浮上した。
久しぶりの浮上に、酸素不足に耐えてきた海兵たちの表情は明るい。

浮上した艦橋に一番に出たイバ参謀。

お忍びの潜水艦部隊が、海上を進むことは稀だ。敵に弱点をさらけ出す危険があるからだ。それでも、参謀は少しでも酸素を取り込むため、「前進微速」を指令する。

少し間を置いて、ソウダ艇長が上がってきた。

艇長も、思い切り深呼吸して、肺に酸素を取り込んでいる。

ソウダ「ご苦労だな。参謀。」双眼鏡を取り出し、前方を伺う。

イバ参謀「左舷十時の方向。見てください。艇長！」

ソウダ艇長は双眼鏡を見て、しばらく呆然としていた。なぜなら・・

左舷十時方向には、大エビと化け物イカが大格闘していたからである。

ソウダ「何ということだ。デカイぞ。」

イバ参謀「進路変更。右舷百八十度。」「危険です。艇長。中に戻りましょう。」

全長五十メートルはあろうかという大エビと大ゲゾがもつれあいながら、波間に現れては消えている。ソウダ艇長は眼の前の出来事が、信じられない様子だ。

ファイヤーマリン115（元海上自衛隊潜水艦を模している）

87Pに登場する104R戦闘機のモデルとなった往年の米軍戦闘機

エビダス対ゲゾダス

大阪防衛艦隊　潜水艦「ファイヤーマリン」の前に現れた大エビ怪獣と大ゲゾ怪獣はイバ参謀によって、それぞれ「エビダス」「ゲゾダス」と呼称されるようになった。
ソウダ艇長　艦橋の階段を降りながら、「何で、エビダスとゲゾダスなんだ。」
イバ参謀「単なるイマジネーションであります。可笑しいですか。」
ソウダ「いやっ。ぴったりだと想うよ。ケタが違いすぎるな。」
ソウダ「大怪獣出現だ。ファイヤーマリンだけで何ができる。空しい。撤退だ。」
紀伊水道に繰広げられる「エビダス」と「ゲゾダス」の大格闘を潜望鏡で眺めつつ、ソウダ艇長はファイヤーマリンに「帰還命令」を出すのであった。
大阪湾に腐臭海の影響が出だしたのか。　大阪に危険が迫っている。
「緊急警戒警報」が大阪湾全域に出たのであるが、間もなく、「エビダス」と「ゲゾダス」はその巨大な姿を再び海中へ没してしまったのである。
緊急警報が鳴り響く大阪城地下基地。
潜水艦ファイヤーマリンよりの「大怪獣現る」の報に、作戦室はいきり立つ。
オカ「イカよー。イカなのよー。」

ローラ「エビよー。エビなのよー。」
騒然とする雰囲気にアラシヤマ、ホリー隊員も慌てて、サナダヘルメットを蹴っ飛ばし、けつまずいている。「どうしたんだ。怪獣出現か。」
オカ「イカなんですよー。イカ、イカ。」
ローラ「エビよー。エビなのよー。」二人とも全長五十メートルと聞いて、完全に平常心を失っている。
陽炎副隊長　毅然として言い放つ。「ローラ隊員、オカ隊員、みっともないわよ。落着きなさい。要点だけを申告しなさい。」
ローラ「す、すみません。副隊長。大エビの怪獣出現です。全長五十メートル。」
オカ「済みません。あのー。全長八十メートルの大ゲゾ怪獣出現です。」
ローラ「エビダスです」
オカ「ゲゾダスです」
アラシヤマとホリー両隊員はひっくりこけたままで・・「ゲゾダス」「エビダス」？
仮眠室を出てきたヌレギヌ隊員
「全長八十メートルだって？　ウソだろ。」頭を掻く。
副隊長の前に整列したＯＤＦの精鋭たち。
アラシヤマ「大怪獣が出たとか。出動ですか。副隊長。」
陽炎「あなたたちが、けつまずいている間に、波間に消えたそうよ。今から出ても、間に合わないわ。」アラシヤマ、ホリー両隊員は、バツ悪そうに頭を掻く。

大阪湾の異変

ヌレギヌ隊員「それにしても、ダッコラスやエビダスやゲゾダスや大阪湾最近おかしいぞ。きっと腐臭海の汚染が進行して、異変が起きているんだ。オレには判る。」
アラシヤマ「えらい自信だな。ヌレギヌ。」
ヌレギヌ「『第五竜盛丸事件』でのサルガゾーラにも驚かせられたけど、『腐臭海』は着実に大阪に来ている。サナダ・ビームで確かに表面は燃えた。だが、海の中ではわかるもんか。」
奴らの繁殖力はタダモノではない。そうですよね。タテジマ博士。」
ちょうど、作戦室へ入ってきたタテジマ博士は、カルテを見ながら相変わらず忙しそうだ。「また、怪物が出たそうじゃないか。今度はエビだそうだね。」
ローラ「博士。大ゲソの怪獣もです。」
タテジマ「ふむ。腐臭海の影響が無いとは言い切れないだろうね。」
ヌレギヌ「そうでしょう。そうでしょう。博士がおっしゃれば間違いない。」
タテジマ「腐臭ガスは人間には有毒だが、案外、海の生物には逆に富栄養化となっているのかも知れない。ホリー君の例の様に蟹と覚醒して生き延びる場合もある。今や、サル

ガゾーラと何が合体したって、私は驚かないよ。」資料を見ながら・・
陽炎「今後の攻撃策で妙案はございますか。博士」
タテジマ「あれだけ、サルガゾーラを取り込んで巨大化してるとなると・・ふむむ。」
アラシヤマ「どうなるんです？」
タテジマ「巨体を維持するには相当のエネルギーが必要でしょうな。」
ヌレギヌ「小さな魚やクジラを食っても追いつかないか。」
タテジマ「手っ取り早いエネルギー補充は自分より巨大な奴を取り込むことですな。」
陽炎「なるほど。共食いするように大怪獣同士を戦わせるのが良いと」
タテジマ「イカとエビの脅威よりは、イカだけの脅威の方が良いでしょうねえ。」
アラシヤマ「で？どうなるんです。」
陽炎「どうもしないわ。大阪局地防衛部隊は、粛々と首府大阪を最期まで、守るのよ。」
アラシヤマ「そうですね。我々が浮き足だっては府民に申し訳が立ちませんね。」
陽炎「緊急出動体制を待機へ移行。」「みんな肩の力を抜いてね。これから長いわよ。」
出動態勢に入っていたホリー隊員は、そのまま、隊の食堂へ直行だ。「腹へったあ。」
アラシヤマ隊員もつかつかと付いてくる。
「これからの待機はきっと長引くぞ。食っとかんと持たねえや。焼肉定食大盛りい」
食券をおばちゃんに叩きつけて注文している。
ホリー隊員は食堂のサンプルを眺め、思案していた。「カレーもいいなあ。天丼セットも魅かれるなあ。ちらし寿司セットも美味そうだ」この後の大阪湾岸パトロールに備え、蓄えておくつもりだ。「しめはソフトがいいなあ。」優柔不断でなかなか決められない。

ふと、食堂奥の休憩スペースを眺めると、キズナ隊長がぼおっとタバコを燻らせていた。

漂流怪獣細胞

休憩スペースの卓で・・たばこを燻らすキズナ隊長。相変わらず、ヘビースモーカーだ。

ホリー「隊長。どうしたんです。事件ですか。」声をかける。

キズナ「いや、何でもないよ。ちょっと考えごとさ・・」白髪まじりの頭をはたく。

ホリー「隊長のちょっとは、大変の場合が多いですが・・」

キズナ「飯食うなら、日替わりランチがお得だよ。」

ホリー「いろいろ目移りしちゃって・・」

キズナ「若いっていいなあ。うらやましいよ。」一層、ヌーボーっとしている。

非番の日に隊長が出てきているというのは、珍しいことではない。ただ、ホリー隊員には何かピーンと来るモノがあった。「何かあったんだ。」

近くの自動販売機に戻ると、コーヒーを2人分容れてカップを持って帰ってくる。隊長はいつもブラックがお好みだ。

ホリー「どうぞ。隊長。」

キズナ「気を使わんでいいのに。済まん。」タバコの灰は相変わらず、今にもこぼれおちそうである。灰皿を進めるホリー隊員。隊長席でいつもローラ隊員が世話をやいている光景と同じだ。

隣に座り、カップのコーヒーをすするホリー隊員。彼はミルクをかなり入れる。

ホリー「で？どうしたんですか」

キズナ「出勤してから話そうと想ってたんだが・・」コーヒーをひとくち。

「昨日、ウチに知り合いのタヌキ刑事が尋ねてきてね。」

ホリー「田貫さん。府警の捜査課の人じゃないですか。珍しいですね。」

キズナ「タヌキさんの謂うことに、過日のユメシマ丸沈没事件で、運ばれていた荷物、大方がコンテナだそうだが、ある企業の荷が行方不明らしい。」

ホリー「なるほど。ユメシマ丸はかなりの深海に沈んでまだ、ほとんど回収作業は進まないらしいですね。」

キズナ「その荷というのが、ある生体科学研究グループの進めていた「B四十一デス細胞」という不死身の再生細胞だったらしい。」

ホリー「不死身の再生細胞ですか？」

キズナ「それが、大阪湾に流れ出た可能性があるらしい。」

ホリー「そんな危ないモノ。何で、何処へ運ぼうとしてたんでしょう。」

キズナ「B四十一デス細胞」には腐臭海の毒を変溶させる特性があるらしいし。対サルガゾーラの研究だったんだな。
ホリー「なるほど・・」
キズナ「和歌山の方面で、その後謎の生物が目撃されているんだ。漁師や市民に被害が出ている。」

ガイダス出現

ホリー「それって、怪獣ってことなんですか。」
キズナ「全長二十メートルを超えていたそうだ・・ガイダスと呼称されている。」
ホリー「そいつは大変だな。」
キズナ「ガイダスは人を喰らうそうだ。」
ホリー「来ますか?ガイダスは大阪へ。」
キズナ「まあ、可能性はある。成長もするだろうし・・」たばこを灰皿に押し付ける。
キズナ「腐臭海が来る方向には、ガイダスのエサとなるサルガゾーラが一杯というわけだ。」
ホリー隊員　カップを持ったまま思わず凍りつく。「ひええ。えらいこっちゃ」
キズナ「まあ、当面は湾岸エリアを中心にパトロールするぐらいだろう。」
ホリー「ダッコラスに、ゲゾダスに、エビダスにガイダスですか。」

キズナ「役者が揃ってきただろう。」再びタバコに火をつける。
ホリー「世も末ですねえ。」途方に暮れる様子。
キズナ「大阪湾は腐臭海で、富栄養化の進んだいわば怪獣温泉みたいなもんだ。」
ホリー「ヒエエー。サルガゾーラ進攻だけでも大変なのに・・」
キズナ隊長のつけたタバコの火はそのまま、白い煙が出たままであった。

「腐臭海」の進行は大阪湾のみならず、南紀・紀伊水道辺りまで進んできていた。
当初、サルガゾーラ対策に全力が注がれていたのであるが、今度はサルガゾーラを栄養分としたエビダス、ゲゾダス、ダッコラス、ガイダスなどの巨大生物が現れ、「大阪」は危機感を増している。県外からは連日、ガイダス、エビダス、ダッコラス三世などに襲われる街のニュースが報道され、「大阪新報」の誌面を賑わしていた。

湾岸再開発地域、大阪湾南方の湾岸エリアは、現在、再開発が盛んである。大阪の経済は二十一世紀後半には、かなり疲弊していたのであるが、「腐臭海」による東京沈没で大量の避難民が生じ、大阪の人口は急増。湾岸を「避難民用新居住区」として拡げて行く必要が生じた。泉州地域などの「避難民居住区」はもう、飽和状態なのである。人口流入により、インフレが生じ、食料、住宅、交通機関などニーズが高まっている。

湾岸再開発で見直されているのが、「産業用ロボット」の機動メカである「タフロボット」であり、工事の短縮化、効率化などが期待されているのである。

とある夜、湾岸開発エリア
宅地造成工事を進める建設会社事務所にて
工事現場監督R「明日の工事予定。雨はもちそうだな。」天気が気になる様子。

建設作業員D「最近、ぐずついてばっかしでねえ。遅れてばかりだ。」

建設作業員パー「たぶん、問題ねえっすよ。オレッチちょっくらタフロボ診ときます。」

現場監督R「ああ、頼む。」作業工程表を睨みながら。

パー作業員は、現場に留置されている、タフロボの見回りだ。この造成地からは、すぐ前方が大阪湾である。ヘッドランプと懐中電灯を頼りに、ひとまわりして、明日に備えるつもりだ。この辺りは夜は寒い。海風が直接、作業着に突き刺さるようだ。「うう、冷えるのう。」頼りのタフロボたちは、どの機体も起動には問題なさそうだ。

パー作業員は、海への突端までやってきた。

「おお、冷えるのうう。」余りの寒さに小用を催したのだ。岸壁に立ち用を足すと、顔が震え、下半身が震え、寒さと開放感がごっちゃませである。

「ほおおお」ひとしきり身震いすると、何やら前方のテトラポッドの辺りがもぞもぞと動いている。

真っ暗の闇の中に黒い影がうごめく。「なんじゃろか？」目をこらし、海中電灯の灯りを差し向けてみると、「ぎぎぎやああああ」何とうごめいていたのは、巨大なやどかりの姿であった。「てててーへんんんだあああああああ」叫び声をあげて、逃げようと事務所の方向を振り返ると、眼の前には巨大なはさみが・・「ぎぇえええええ」

パー作業員の姿はそれきり消えてしまった。

事務所で図面を眺めていた、R監督は「はっ」と我に帰った。「今のは、悲鳴だ。」

不吉な胸騒ぎを感じた監督はヘルメットに海中電灯を抱え、慌てて、事務所外へ出て、驚愕する。眼の前に巨大なやどかりがはさみをふりかざして、迫って来たからである。

監督R「ぎゃああああ。」顎がはずれる程の驚愕した顔。ひきつる筋肉。「ボッコオ」右側から巨大なはさみが襲ってくる。「どああああああ。」うごめく触手は今にも「食ってやろう」という強い意志が感じられ、恐怖感は倍増する。

監督R「どあああああ。」きびすを返して、怪物と反対方向へ全力疾走である。

こういった究極の状況に陥ったとき、人間は過去を一瞬にして想い返すというが、肺の空気が空になるほどの苦しさを我慢し、無理やり走っていると、走馬灯の様に過去がフラッシュバックしてきた。「オレは死ぬのかもしれないな。」走りながら、監督は「誰か、助けてくれえええ。」ひたすら人影を探して迷走していた。「携帯端末」などで緊急連絡するなんてことは、三千万年光年の地平線の彼方まで、忘れてしまっていたのであった。

ようやく、たどりついた民家に助けを求め、監督はなんとか命を永らえた。

民家からの通報により、大阪局地防衛隊が動き出した。

大阪城地下基地　作戦室
「ファンファンファンファン」緊急警報が鳴動する作戦室。集まる隊員たち。

ドツボダス対ODF

アラシヤマ「何だ。怪獣か。出動か。」仮眠室からスリッパのままである。
ホリー「どうしたんですか。隊長」
キズナ「湾岸再開発区から通報でな。また化け物が出た。」
ローラ「通報によると、大やどかりの様な十メートル以上の怪物よ。」
キズナ「しかも、単体ではない。」
アラシヤマ「エエエッ。何体いるんですか。」
ローラ「少なくとも複数体は存在が確認されているわ。建設会社の社員が襲われたの。」
アラシヤマ「えらいこっちゃ。えらいこっちゃ。」隊員服に着替えながら。
仮眠室から出てきたヌレギヌ隊員。服装を直して、隊長に敬礼。
ホリー「今度はやどかりですか。」「ドツボダスと呼称されているそうだ。」
キズナ「とにかく海の生物だからな。海へ早く帰ってもらおう。それしかない。」

ヌレギヌ「どうします。マグマを出しますか。」

キズナ「ます、現状確認だな。サバイバルで行ってくれるか。ホリー、ヌレギヌ」

ホリー「ハッ。出動します。」敬礼し、作戦室を出て行く。

戦闘指揮車「サバイバル」にはサナダ・ガンを連続発射可能に改造した「サナダ・マシンガン」が一丁据付られている。どこまで戦えるのか。

地下メンテ・ベース　サナダ・ホーク発進カタパルト
シマ保全長「マグマの発進準備だ。急げ。」走り回る、メンテスタッフたち。

ミオギノ整備士「何ですか。怪物だそうですね。」

シマ「住みにくいご時世だからな。何が出てきても可笑しかないな。」

サナダ・ホークの発進カタパルト脇の特殊作業車格納庫前に立つ、ホリー、ヌレギヌ。

特捜車「サバイバル」に乗り込むと、大阪城横の発進ゲートが開く。

ホリー「では、サバイバル発進します。」ギイー、ドルルルルー。ゲートを出て行く。

続いて、ローラ隊員も姿を現す。マグマドリラーでの発進準備のためだ。

ミオギノ整備士「よっ。嬢ちゃん。今日も綺麗よー。」

てくてくと歩いてきたローラ。マグマドリラーの黄色の稲妻をなでる。

ローラ「頼むわよ。マグマ。」愛着が出てきた様子である。

頼もしげに見守るシマ保全長。

「マグマドリラーを生かせるのは、嬢ちゃんの腕だけだからな」

ミオギノ整備士「敵は強力だ。サナダ・ミサイル目一杯積んどけ！」
スタッフ「了解」マグマ・ドリラーに電源が入った。「チュイーン。」
狭いコックピットに身を沈めると真紅のサナダ安全ベルトが「カチッ」とローラを固定してくれる。「電源始動。青ランプ。作動開始。」
「シュイイイーン」光輝くマシナードリルが回転し始めた。「さあ。いつでもいいわよ。」

マグマ・ドリラーの発進準備は整った。

「ドッボダス」出現現場近く
戦闘指揮車で現場へ急行してきたホリー、ヌレギヌ隊員。サナダ・ガンをファイヤーモードにチェンジしている。「さあ、現場だ。」現場にはパトカーや救急車の赤色灯の点滅が散見できる。到着すると、府警の担当官らと情報を確認しあう。

ヌレギヌ「ODFです。現場は？」

担当刑事「少し先の方になります。」と左岸前方を指し示す。

警官らが警備するフェンスを飛び越え、両隊員はサナダ・ガンを片手に走りだす。

ヌレギヌ「こちらヌレギヌ。現地に到着。すでに被害者は収容されており、只今よりドツボダスの大阪湾への追いたて作戦を実行します。」

作戦室　キズナ隊長

「余り無理をするなよ。手に負えない場合はマグマドリラーでローラが控えている。」

ホリー「それは頼もしいですね。目撃情報では少なくとも四、五匹は上陸しているみたいです。ファイヤー・モードで向かいます。」

「よろしく頼む」隊長。

少し走っていくと、建設会社の看板が上がっており、事務所棟はすぐだ。

両隊員はサナダ・ガンを構えつつ、慎重に歩を進める。ここらは宅地造成地だからだだっ広い。十メートルを越す怪物が居れば、相当目立つはずだ。

ヌレギヌ「ホリー。気をつけろよ。」「ヌレギヌさんこそ。腰ぬかさないで下さい。」

事務所棟の前は、砂の模様がかなり乱れており、やはり何かが徘徊したのは間違いないようだ。ホリー隊員はタフ・ロボのメンテ場を見に行って、腰を抜かした。タフロボの間から巨大な眼とバカでかい鋏みがぬーっと現れ、出てきたからである。眼はランランと輝き、触手をあちらこちらに伸ばしている。「げげえええ。タフロボを着込んでいるのか。」

ドツボダスは係留しているタフロボに乗り移ろうと、ガサゴソやっていたのである。ランランと光る眼は複数、三匹は居る。凍りつくホリー隊員。「食われるかも」直感で身の危険を感じる。「腐臭海」の怪物そのものだ。

余り刺激を与えないようにして、ゆっくりと、ホリー隊員は後退する。「あせるな。ゆっくりだ。食うなよ。お前ら。後生だから。オレは蟹だからまずいよー。」じりじりと後退。

やっとのことで、メンテベースを出ると、慌てて、ヌレギヌ隊員に合図。「出ました。ドツボダスです。メンテベースでタフロボを家代わりにしています。極めて食欲旺盛で危険な奴らです。」

ヌレギヌ隊員も、メンテベースを注視して、目が点になった。それほどおぞましい姿であったためだ。血の気が引くヌレギヌ隊員。「大丈夫ですか。ヌレギヌさん。」

ホリー「マグマの応援を待ちましょう。サナダ・ガンだけじゃ無理ですよ。」

ヌレギヌ「そ、そうだな。」顔が青白い。だいぶショックを受けたみたいだ。二人励ましあうように、「サバイバル」への撤退を余技なくされる。
指揮車に戻ると、二人とも息絶え絶えである。「はあ。はあ。凄い奴だ。小銃やサナダガン程度じゃ鋏みに弾き飛ばされるだけだな。ありゃ。」
ヌレギヌ「あんな奴がこの世に棲息するなんて・・信じられない。」悔しそうにハンドルを叩く。「全く同感です。我々とは絶対共存できない奴らですね。あれは」
ヌレギヌ　無線より「ヌレギヌですが・・ドツボダスはタフロボのメンテベースに巣くっています。想像を遥かにしのぐおぞましさです。ファイヤーモード程度では奴には何の役にも立ちません。マグマドリラーが必要です。隊長！」
作戦室
キズナ隊長「そうか。判った。二人は現場で警戒を継続。ローラに行ってもらうよ」
ホリー「お願いします。」

キズナ「フー。」ため息をひとつ。天井をじっと睨んだ後。

キズナ「ローラ。ドッボダスを海へ帰してやってくれ。」

ローラ「了解。」待機状態から、再び前方モニターの電源を入れる。

ローラ「マシナードリル始動。確認。」「シュイイイーン」

大阪城横のデイフェンスゲートがゆっくりと開いていく。

ローラ「マグマドリラー。ドッボダス撃滅のため出撃します。」

「ギャラギャラギャラ」ついにマグマが動きだした。

メンテスタッフ「がんばれよー。ローラ。キャー」「シュイイイーン」

大阪城基地から、真紅の機動戦車が出てくると、ゆっくりと国道に向かう。

夜間ということもあり、走る一般車両もほとんど少ない。マシナードリルは次第に回転数も上がってくる。「シュイイイーン」湾岸エリアまで、暗闇を疾走するマグマドリラー。

指揮車「サバイバル」内
ホリー「マグマはこちらにやってきます。サナダ・マシンガンとの波状攻撃といきましょう。マシンガンで奴らをメンテから誘い出し、出てきたところをサナダ・ミサイルで粉砕するんです。」
ヌレギヌ「フム。それしかないだろうな。ミサイルが効かない場合も考えとかないとな。」
ホリー「マグマそのもので体当たりというのもありですか。」

ヌレギヌ「そりゃローラ次第じゃないか。ドツボダスの気色悪さはヘビー級だ。」
ローラ「ヌレギヌ隊員　まもなく、現地にマグマドリラー到着します。」
ヌレギヌ「ローラ。締めて行けよ。ドツボダスをマシンガンの雨で、メンテから誘い出すから、後出てきたら、ミサイルだ。」
ローラ「了解。」

「ギャラギャラギャラとキャタピラを軋ませつつ、マグマドリラーは今、湾岸事件現場に到着した。夜空に銀色のマシナードリルが映えるその姿。
「おおお」現場の警官や集まってきたマスコミなども、大阪防衛隊の機動戦車の姿に驚いている。「怪獣出現」情報が核心を得たのか、マスコミらは騒いでいる。
ローラ「隊長。現地到着しました。ヌレギヌさんの指示の下、ミサイル発射予定ですが。」
キズナ「存分にやってくれ。上陸さえ阻止出来れば御の字なんだがね。」
ローラ「待機します。」

一方、戦闘指揮車サバイバルの後部に据付られた、「サナダ・マシンガン」にホリー隊員は取り付いていた。運転はヌレギヌ隊員である。指揮も務めなければならないからだ。
ホリー「さあ、準備完了。いつでもどうぞ。風が冷たい。」
ヌレギヌ「よし。発進。」「サバイバル」は四駆にして、機動力を高め、タフロボメンテベースを目指して動き出した。
ヌレギヌ「ローラ。少ししたら付いて来てくれ。」
マグマドリラー内ローラ隊員
「了解。マグマドリラー　発進　前進微速・・異常なし。」ギャラギャラと紅の機動戦車も
指揮車を追って動き出した。

激突　大阪防衛隊対ドツボダス

事件発生のタフロボのメンテベースまで、そろそろとやってきた大阪防衛隊の戦闘指揮車。後部にはサナダ・マシンガンを構えて、ホリー隊員が仁王立ちである。海風が隊員服を刺すように冷たい。
ヌレギヌ「さあ。着いたぞ。ホリー隊員。行けるか。」
ホリー「問題ありません。サナダマシンガンで蜂の巣にしてやりますよ。」
ヌレギヌ「そうだ。その意気だ。今からメンテへ入っていくから、奴を見たら構わず撃て。襲ってくるだろうからな。サバイバルはバックで後退する。いいか。」
ホリー「了解。」
ヘッドライトを点灯し、指揮車サバイバルは前進を開始。
ヌレギヌ「前進。微速・・」這うようなスピードである。

ホリー隊員は「ドッボダス」出現に備え、緊張する。非常の場合はクラブマンとして立つことも視野に入れなければならない。少し進んだ辺りで、ホリー隊員はタフロボの間から飛び出す光る眼を発見した。触角も見える。ドッボダスだ。

ホリー「ドッボダス発見！　やっぱりタフロボを宿にしている。」

ヌレギヌ「撃て　ホリー隊員」

「よし。」構えていたサナダ・マシンガンの引き金を引くホリー隊員。

ドッボダス出現

「ズ、ダダダダダダダダダアアン」タフロボめがけて、サナダ・マシンガンが浴びせられる。初弾の結果を見守るホリー隊員。メンテには白煙が上がる。光る巨大なドッボダスの眼と触角は、相変わらずうごめいている。「ズダッダッダダダダダーン」再び、炸裂するマシンガンの速射攻撃。すると「ボッコオ」とタフロボの向こう側から巨大なハサミが指揮車めがけ襲いかかってきた。指揮車のフロントガラス前をかすめる。

ヌレギヌ「ヒエエエエ！全力後退。」心臓が飛び出そうである。アクセルを踏みバックで後退し始めた。「ヒエエエエ。気持ち悪いぞおおお」

ドッボダスの怖ろしい姿を見ても、ホリー隊員は手を緩めない。「これでもか」と後退する指揮車から「ズダンズダダダダダダダダ」とドッボダスの顔めがけ必死の攻撃であるる。右から左から巨大な鋏みが指揮車めがけ飛んでくる。一発でも喰らえばひとたまりもないだろう。「ギュイイイン」エンジン音を響かせて、「全力後退」してきたサバイバル。
予想どおり、タフロボのメンテベースからドッボダスがごそごそ這い出てきて、指揮車を追いかけてくる。全長十メートルを超える大やどかり怪獣である。
ホリー「ひえええ。ドッボダス出現。サナダ・マシンガンの効果ほとんど認められず。」
ヌレギヌ「ローラ。ドッボダスの誘導に成功しつつあり。後、頼むぞ。」

機動戦車　マグマドリラー内　ローラ隊員
「ギャラギャラギャラ」と微速前進でマグマを操作し、メンテ・ベースに到着。

ホリー隊員とヌレギヌ隊員の悲鳴と共に、前方モニターを凝視していたローラ。

「・・・」ドッボダスのおぞましき姿に、声も出ず凍りつく。

バックで後退してきたサバイバルは、慌てたためか後部を工場の壁に追突し止まってしまった。振り落とされるホリー隊員。慌てて降車するヌレギヌ隊員。眼の前にドッボダスの大はさみの波状攻撃が迫る。

「ボックオオオ」と巨大はさみで、今にもホリー隊員をエサとして捕らえようと狙ってくる。「ヒイイイイ」逃げるホリー隊員。「シュドッ」ヌレギヌ隊員がドッボダスめがけ、サナダガンファイヤーモードで攻撃する。しかし、白煙が少し出るだけでほとんど効果がない。「駄目だ。にげろおお」撤退する二人。

「加速装置イイイ」スタート・ダッシュでヌレギヌ隊員の前に出たホリー隊員は何となく安心だ。後ろのヌレギヌ隊員は最後尾だ。生きた心地がしないだろう。

マグマ・ドリラーまで疾走してきたホリー隊員。

「ローラ！非常ハッチを空けてくれ！ローラ」マグマからは応答がない。

「どうしたんだ。このくそ忙しいときに。ローラああ。ドア開けてえええ」

遅れてきたヌレギヌ隊員とホリー隊員は「ドンドン」と後部ハッチを叩く。

ヌレギヌ「どうしたんだ。ローラ。ハッチを空けてくれえええ」

後退・大阪防衛隊

「ローラアアアアアアアアア」マグマドリラーの非常ハッチを叩く二人の断末魔の叫びにやっと硬直していたローラ隊員は我に帰った。「あっ。いけない。」あわててハッチの開閉ボタンを押す。やっとのことで、ホリー、ヌレギヌ隊員はドツボダスからマグマドリラーの中へ逃れることが出来た。ハッチを閉めて、二人、顔を見合わせ、無事を喜びあう。
ホリー「良かった、良かった。助かった。一時はどうなるかと想いましたよ。ヌレギヌさん。」「はーはー。ドツボダスの動きが予想より、ずっと俊敏なんで、慌てたよ。」
ホリー「そうすね。はさみの振り下ろしも凄いスピードです。くわばらくわばら」

後部ハッチからマグマドリラーの運転席に移動した二人。かなり狭い。

ヌレギヌ「どうしたんだ。ローラ。ハッチ空けるのがもう少し遅かったら・・」

ローラ「ごめんなさい。ヌレギヌさん。私、私、動けなくて・・」涙を見せる。

ホリー「大丈夫だよ。ローラ。ドッボダスが怖かったんだろ。おれたちもさ。」

ローラ「キャー。」前方モニターには鋏みをふりおろしてくるドッボダスの姿が。

「ガガガンガガン」左右から突き上げられるマグマドリラー。危ない！

ローラ「キャー」余りのおぞましさに冷静さを失っている。

ヌレギヌ「ローラ、全力後退。後退だああ。」となりの席にすべりこむ。

ホリー隊員も生きた心地がしない。ミサイル発射が遅れ、すべてが後手にまわってしまったのだ。衝撃に車内は「キャー」とローラの悲鳴が続く。

「後退微速」やっとのことで、ヌレギヌ隊員の操縦で、マグマはメンテ・ベースを後退し始めた。しかし、ドツボダスが完全に取り付いている。はさみで左右から強烈な突き上げが続く。危険な状態だ。

ヌレギヌ「くそおー。どうする、どうする。」操縦桿を握る表情は必死だ。

ホリー「いったん、後退して、後、加速してみては、奴を振り落とせるかもしれませんよ。急発進、急旋回をやってみるんです。」

ヌレギヌ「そうだな。それしかない。やるぞ！」気合が入る。

ヌレギヌ「全力後退・・・左旋回・・右旋回・」マグマドリラーは後退しつつ、左右に進路を急回頭させ、ドッボダスを振り落とそうとする。「ギャラギャラギャラギャラ」
ヌレギヌ「どうだ?まだ落ちないか。」
前方モニターには今、黒い影しか映らない。「駄目か・・」
ヌレギヌ「よし、前進全速だ。あの堤防の突端まで来たら、緊急停止で振り落とす。」
ホリー「後はサナダミサイルですね。」後ろから助言。
ヌレギヌ「そうだ。ドリルだ。マシナードリル全力回転」スイッチオン
「シュイイイン」と高い金属音とともに、「ガガガガガガ」と明らかな異音。

湾岸土手決戦　大阪防衛隊対ドッボダス

ヌレギヌ「前進全速」ギャラギャラと造成地の上を海岸めがけ、マグマドリラーは前進を開始した。マシナードリルにより、片方の大はさみをはじき飛ばされたドッボダスの姿がモニター画面一杯に映る。光る眼は巨大で不気味だ。「みてろよおおおお」とヌレギヌ。

海岸の土手まで前進してきて、マグマは急停止。「ドンッ」という衝撃と共にドッボダスも前方に飛ばされた。土手に飛ばされたドッボダス。

ホリー「やった!奴は落ちたぞ。」「前方モニター回復」

ヌレギヌ「面倒かけやがって。サナダミサイル発射!」スイッチオン。

ついにサナダミサイルがマグマドリラーから放たれた。

「一号、二号連続発射」「ドグワワアアアン」「ドグワアアアン」ドッボダスに2発とも命中。黒い爆煙と赤い炎が立ちのぼる。「ドッボダス」の姿は消えた。
モニターを注視していたヌレギヌ隊員。「フー・・・」憔悴した表情でシートに沈む。
ローラ隊員も悄然としている。
ホリー隊員「やった。やりましたね。ヌレギヌさん。」
ヌレギヌ「ドッボダスに命中。完全に目標を破壊。粉砕か。」
ホリー「でも、まだ生きている奴が居ますよ。メンテには」
ヌレギヌ「そうだな。一匹だけではないからな。」
ホリー隊員　無線マイクを取り上げる。
「隊長。ホリーです。ドッボダスを一匹誘導、殲滅しました。しかし、ローラ隊員がショックを受けたようで・・落ち込んでいます。」
ローラ「すみません。隊長。ミサイル発射出来ませんでした。私、気が遠くなって。」
キズナ「良くやった。ローラ。大丈夫。三人の協力で倒したんだ。良くやった。」
ヌレギヌ「メンテベースには少なくてもあと二、三匹のドッボダスが巣くっています。」
キズナ「了解。後の処理は旧防衛軍の伊丹戦車隊にお願いした。」
キズナ「マグマドリラーは基地へ帰還してくれ。ゆっくりでいいから」
ヌレギヌ「よく伊丹戦車隊が大阪出動を了承してくれましたね。」
キズナ「陽炎副隊長のファンが居るんだよ。あそこには」

ホリー「では、後ほど。はい。」無線を戻す。
ヌレギヌ「てっきり、サナダ・ホークの爆撃攻撃かと想ったが」
ホリー「ホークはいざ鎌倉まで出せませんよ。ＯＤＦとしては。」
ヌレギヌ「腐臭海怪獣対策はこれから大変だ。予算のこともあるんだろう。」
「ギャラギャラ」とマグマドリラーは、捜査を府警に託すと、機体を大阪城方面へ回頭し、帰路についた。後手後手に回った大苦戦の防衛隊であった。

スーパータカアシ君

大阪城地下基地へ帰還した、ＯＤＦ。「ドッボダス」撃退に一応成功したが、指揮車「サバイバル」を失った。

地下メンテ・格納庫。

自走してきたマグマドリラーは、「ドッボダス」との激闘の跡も生々しく、ドロドロで、発進前の輝きはどこへやら。

憔悴したヌレギヌ、ローラ隊員の姿に整備班の面々も、思わず声かけをためらう。

シマ保全長「かなりやられたな。ドリルもキャタピラもガタピシいってるぞ。」

ヌレギヌ「すいません。・・」

ミオギノ「ヌレギヌチャーン。ドント・ウオーリーよ。」肩を抱き励ます。

とぼとぼ所在なく、ハンガーを彷徨うローラ隊員。ホリー隊員が付き添う。
ローラ「あたしが、ミサイル発射出来なかったから・・」悔しさをにじませる。
ハンガーに出てきたキズナ隊長
「すみません。指揮車を失ってしまって。」シマ保全長に謝る。
シマ「ひでえ敵あいてだって言うじゃないか。」
キズナ「最近、大阪湾で異変が増えてまして。これは事件のほんの第一歩ですよ。」
シマ「例の腐臭海がらみなのかい？」
キズナ「ええ、たぶん。」たばこをぷかーと燻らせながら。
シマ「オレのこどもの時は、大阪南部の海岸は海水浴場が盛況でな。よく、潮干狩りとか行ったもんだが・・どうなっちまったんだろうね。この地球は」
キズナ「夢のようなお話ですねえ。」
シマ「腐臭海が進行してから、海では謎の巨大生物が増えているんだろう。」
キズナ「ドツボダス・・」
シマ「何だい？」「ミオギノオ！制御系のチェック頼んだぞ。」大声で。
ミオギノ整備士「了解。てめえら。けっぱらんとケツ蹴り上げるぞー」
整備員ら。「へい。」散りじりに走っていく。
キズナ「エビダス、ゲゾダス、ガイダス、ダッコラスかあ・・スばっかしだな。」
シマ「何だい？それ」

キズナ「巨大生物の呼称ですよ。」
シマ「やれやれ。今夜は徹夜だな。」
キズナ「ご迷惑をおかけします・・」
そこへ、陽炎副隊長が降りてきた。「ああ。隊長。此処におられたんですか。」
キズナ「一服してたんだよ。何か在ったの？」
陽炎「申し訳ありませんが、また異変が起きたようです。すぐ作戦室へ」
キズナ「何？」陽炎「超弩級のカニの足が大阪湾に出ました。」「・・・」

海のぬりかべ

「ドツボダス」との死闘の興奮覚めやらぬうちに、またも大阪城地下基地に鳴り響く「緊急警報」作戦室に点滅する赤ランプ。

アラシヤマ「どうなっとんじゃ。またか。」ちゃんと制服で待機している。

オカ通信隊員「関西空港沖に巨大なカニ足が出現。飛行機の針路が妨害された模様」

そこへ、キズナ隊長、陽炎副隊長、ホリー、ヌレギヌ、ローラ隊員が地下のハンガーから上がってきた。

アラシヤマ「おう、無事だったか。」ホリー、ヌレギヌ隊員とハイタッチ。

ホリー「大苦戦しました。ドツボダスは強力です。」

ローラ「私のせいよ・・」肩をすぼめる。励ますヌレギヌ。
隊長席に戻り、オカ隊員の報告を聴いていたキズナ隊長。「・・・」考え込む。
アラシヤマ　今か、今かとサナダ・ホークの出動命令を待っている。
ホリー「隊長、またも事件ですか。」
キズナ「実はそうなんだ。関空沖に巨大なカニ足が出現して、飛行進路を妨害している」
ホリー「巨大なカニですって!まるでオレみたいじゃないか。」
キズナ「ところが、足の高さが折れ曲がってても三百メートル以上もあるそうだ。」
アラシヤマ「さ、さんびゃーくううう?」
キズナ「全長がどれぐらいなのか、検討もつかない。一キロか、二キロか」
アラシヤマ「に、にきろおおおお!」サナダ・ヘルメットを抱えたまま驚愕。
キズナ「とにかく、天に向かって突き出たカニ足というワケだ。」
陽炎「動きはないんですか。」
キズナ「無いというより、壁みたいだそうだ。」
陽炎「沖村提督に突撃ミサイル艦の攻撃を依頼しましょう。」
キズナ「月光部隊にもお願いできるかしらん?」
陽炎「大丈夫だと想います。」
アラシヤマ「サナダ・ホークは出ないのでありますか。隊長」

キズナ「ドッボダスにやられたところでもあるし。予算も厳しいんだ。」
アラシヤマ「そんなことでは、大阪の平和は守れませーン。」
キズナ「耳が痛いよ。勘弁して。」隊長席に沈み込む。
陽炎「じゃあ、後は私が・・」
キズナ「頼んだよー。副隊長。」
隊員の座る円卓に戻り、空母「第二信濃」に緊急出動を要請する副隊長。
陽炎「沖村提督。月光部隊で関空沖の異生物を排除して下さい。」「了解です。」
空母「第二信濃」海上部隊旗艦では・・・

出撃一〇四R戦闘機部隊

陽炎副隊長より依頼があった、「大阪防衛隊・海上部隊旗艦・空母・第二信濃」では「緊急出動準備、緊急出動準備。F一〇四R飛行隊発進準備にかかれ」

「第二信濃」ではメイン滑走路が二本存在する。「夜間偵察」を主任務とする「月光部隊」はすでに登場したが、「第二滑走路」を主に使用するのが、旧世界の名機F一〇四型ジェット戦闘機を二十一世紀型にリファインして誕生した「F一〇四R戦闘機隊」なのである。

第二滑走路に集結している「一〇四R」の雄姿に飛行隊長カザマツリは気合が入る。

第二艦橋　レーダー管制室

イカルガ副長「カザマツリ隊、カザマツリ隊、発進準備はどうか?」
カザマツリ隊長「発進準備よろし。いつでも行けます。」
イカルガ副長「関空を守ってくれ。ただちに発進!」
カザマツリ「一号機発艦します・・」飛行甲板脇には多勢の整備仲間が復活なった一〇四Rの初陣を見守る。「ギュイイイーン。ゴオオー」ジェット・エンジンが唸りを挙げる。「シュウウイイイーン」あっという間に一号機が空に舞い上がる。続いて二号機、三号機と朝もやの大阪湾めざして、戦闘機部隊の発艦が続く。
制帽を打ち振って出撃を見送るイカルガ副長。「たのむぞ。カザマツリ隊」

スーパージャイアントタカアシ君

空母「第二信濃」より飛び立った「F一〇四Rカザマツリ隊」はまもなく、飛行編隊を組み、一路、南へ。
カザマツリ「こちら、飛行隊長。現在、高度二千。三千まで高度を上げる。」
信濃・管制室「了解。まもなく関空が視界に入る」
カザマツリ「敵を発見次第、低空より艦上攻撃を行う。以上。」
関空が近づくと・・
前方先行する四号機から

ヒバ飛行士「隊長。巨大な壁のような突起が海から突き出ています。高さは五百メートルを超えている。何だ。あれは。」

飛行隊長「そいつが、空路を遮断している。ロケット弾攻撃だ」

ヒバ「了解。四号機、突撃します。」「ギュイイイーン」左へ大きく旋回していく。

高度三千から一気に千まで高度を下げてきた一〇四R。突撃態勢だ。

ヒバ「目標は巨大で、動きはありません。一号、二号連続発射」

「シュバッツ、シュバッツ」ロケット弾が巨壁に向かっていく。

「ズドーン」「ズババーン」命中!低空飛行から高度を上げていく四号機。

ヒバ「命中弾確認。目標に効果認められず。」爆煙は上がるが、海から突き出ている突起物は全く動かない。続いて五号機、六号機がロケット弾攻撃を展開するが効果がない。

高いかべ

大阪湾・関西国際空港への飛行進入コースに突如として、出現した巨大なアシ。「足」として、突起物が折れ曲がっているのを認識するには、かなり遠方から眺めないとわからない。近くでは、ただただ、薄黒い壁が天に向かって突き出ているように見える。

ロケット弾攻撃を連続波状攻撃で、繰り返す「カザマツリ飛行隊」であるが、高度を上げた隊員から「あっ。これはアシだ。カニアシだ。」との報告に驚愕する飛行隊長。

カザマツリ「カニアシだと。ふざけとるんか。貴様」
五号機ミヤクモ飛行士「遠くに離れてやっと判りました。隊長。信じられませんが、確かにカニのアシです。いやアシに見えます。」
カザマツリ「おちょくっとるんかあ！ミヤクモお」低空から高度を上げる。
「ギュイイイーン」銀翼を翻して、関空上空をくるくるまわるＦ一〇四Ｒ。
上昇した飛行隊長　五号機の後につく。
カザマツリ「どれどれ。んん。こ、こ、れはまさしくカニアシだな。」と驚愕する。
ミヤクモ「どうします？隊長。」
カザマツリ「我々もナメラレタもんだ。カニアシだと。ちっ。何だろうと関空への飛行経路への進入物は排除せにゃならん。」
ミヤクモ「では、低空から水雷攻撃ですか。」
カザマツリ「そうだ。水中魚雷で粉砕するんだ。水雷攻撃体制にフォーメションＣだ」
各機パイロット「了解」「キイイーン」高度を下げていく。

関西空港管制塔
飛行経路を双眼鏡でチェックする管制官Ｎ。「あ、あれは、海から巨大な触角と眼が！」
管制官を驚愕させたその眼はまさに大ガニの突き出た目玉だったのである。この眼と触角からして全長約二キロにも及ぶ大怪獣と判定されたのであった。カニは「スーパージャイアント・タカアシ君」省略して「ＳＪＴ」と命名された。今、海から突き出ているのは片足で、それだけでも全長一キロにも及ぶ長さと推定されたのである。
「途方に暮れる」とはこういうのを言うのかも知れませんねえ。
Ｎ管制官「ＳＪＴには全く動きがありません。何とか動いてもらわないと。」
Ｋ管制官「防衛海軍が何とかしてくれんかねえ。」祈るような気持ちだ。
Ｔ管制官「順次、着陸予定の飛行機は伊丹、神戸へ行くよう指示しています。」
関空上空を旋回中のＦ一〇四Ｒ飛行編隊。
カザマツリ「これから、ありったけの水雷攻撃をＳＪＴに対して敢行する。各機、避難する民間機に注意。二次災害を起こすな。」
各機パイロット「了解。」低空飛行で左旋回していく。「キュイイーン」
飛行隊長「目標は不動だが、何とか動かしてどけるんだ。」

水雷攻撃の成果

大阪湾。関西空港近辺でくり広げられるＳＪＴとＦ一〇四Ｒ飛行隊の空中戦。海面すれすれの超低空飛行から、六番機が「魚雷」を投下する。「シュイイイーン」投下された、魚雷は海から突き出る「高いかべ」に向かって、一直線に進んでいく。「シュルルルウ」「ドグワアアアン」「命中。大爆発」赤い炎と火柱があがる。続いて、四番機が攻撃態勢に入る。

「ギュイイイン」銀翼をはためかせて、低空から、魚雷を連続投下だ。「シュルルル」白い航跡が、波を掻き分けて、「ＳＪＴ」めがけ一直線だ。「ドグワアン」連続命中。大火柱が黒い煙とともに、湧き上がる。銀翼を翻して、上昇していくＦ一〇四Ｒ。

飛行隊長カザマツリ「どうだ。アシは動いたか?どうだ。」

四番機ヒバ飛行士「アシは・・かべは、ちょっと待ってください。そのままに見えます。」

天に向かって「にょきっ」と突き出たアシは特に動きはない。

カザマツリ「そのまま?アシはそのままか。・・・信じられん。」困惑の表情。

関空管制塔

管制官Ｎ「管制塔より、カザマツリ飛行隊へ。」

飛行隊長「カザマツリです。水中魚雷攻撃を敢行しましたが・・」

管制官Ｎ「ＳＪＴは眼をつぶり、気持ちよさそうに寝てしまいました。」

カザマツリ「ね、寝た?カニが寝たというのか。我が軍の切り札攻撃で。」

管制官Ｋ「気持ちよさそうです。」

カザマツリ「・・・・」

管制官Ｎ「飛行経路は依然塞がれたままです。何とかなりませんか。」

飛行隊長「残念ながら、わが精鋭部隊の攻撃もＳＪＴに対しては効果なく、今後の対応は部隊で、再度検討することになるだろう。」

カザマツリ「各機へ。ただちに信濃へ還れ。帰還せよ。」

一番機「隊長。残念です。効果なしとは。」
カザマツリ「想いは皆同じだ。これからの戦いは長くなるぞ。明日にかけよう。」
防衛海軍の精鋭を集めた、Ｆ一〇四Ｒ戦闘機部隊は、第二信濃へ還っていった。
完。

と、いう訳にはいかない。「空港閉鎖」が続くということは、大阪経済にとって「死活問題」である。残された日本列島の「新首府政府」の世界への信用失墜にもつながる。

輸出、輸入、観光、交通産業へのダメージだけでもはかり知れない。

「たかがカニ」

そうだ。「たかが、巨大なタカアシガニ怪獣のアシが邪魔しているだけのことだ。しかも、奴は一日のほとんどを寝ているだけだ。ちょっと向こう側へアシをのけてくれれば、何の問題もなかったのだ。だが、アシかべは今も動かずそのままだ。奴の気をそこねて、空港側へでも倒れてこられたら、空港は一瞬にして、ペシャンコなのだ。みじんこなのだ。

「カニの気まぐれ」で、首府は滅ぶかも知れないのだ。

そこんとこが「大問題」なのだ。

大阪局地防衛戦闘部隊キズナ隊長の提案で、「そこんとこ」をまず、施政者のお偉方によく理解してもらい、「ＳＪＴ」の機嫌を損ねる作戦で、「大阪沈没」にならないよう最善の対応策を協議するための、「大大阪緊急防衛会議」が首府庁舎で開催される運びとなった。「たかがカニ」のために「何で、防衛官僚エリートのこのわしがそんな会議に出なければならんのじゃあ！」という偉い旧防衛海軍のお偉方らを説得するのに、陽炎副隊長が隠密に活躍されたことは、表向きにはほとんど知られていない事実である。

大大阪緊急防衛会議

大阪・大正にそびえる新首府庁舎。十八階の「大会議室」には、オダマリ首相を始めとして、大阪首府政府のお偉方、旧防衛軍のお歴々の面々が顔を揃えていた。司会進行役は、ウラシマ官房長官である。議題はずばり「ＳＪＴ」対策である。

ＯＤＦからは、タテジマ博士、キズナ隊長、ホリー隊員が出席。ホリー隊員はオブザーバーという形での参加である。

ウラシマ「本日は職務多忙の中、緊急防衛会議に参加いただき、官房長官として感謝します。皆さんの気をもむＳＪＴ防衛対策、関西空港救助作戦をいかに進めるか、忌憚のない意見を述べてもらいたい。」

オダマリ司令長官「ＳＪなんとかかんとかというカニが大問題というのは、大阪防衛隊としても由々しき問題になりつつある。関空が長期に使用不可能となれば、代替空港なども考えねばならない。」

ウラシマ「首相、スウパアジャイアント・タカアシ君であります。」

オダマリ「カニなんだろう。タテジマ博士？」

タテジマ「全高一キロはあろうかという、巨大さでアシが突き出たまま、旅客機の進路を妨害しています。」

オダマリ「何とかならんのかね。」

キズナ「大阪防衛艦隊の戦闘機部隊が、敢闘されました。何とかしようと。しかし、アシは爆撃にも微動だにしなかったそうです。」

オダマリ「他に対応策は考えられないのかね。」

防衛軍幹部「ロケット弾でも、水中魚雷攻撃にも微動だにしなかった奴です。通常兵器では、あの巨アシをふきとばすのは無理かと。」

オダマリ「現状は？」

ウラシマ「ＳＪＴは一日じゅうほとんど、寝ているそうです。」

オダマリ「寝てる！　寝てるだけで、大阪経済は破綻する危機なのか」

ウラシマ「関西空港の閉鎖状況を何とかしませんと、大変なことに。」

わたらせ海将「ミサイル突撃艦で超電磁砲で艦砲を放つことも可能ですが。」

キズナ「あのう。よろしいでしょうか。」

ウラシマ「どうぞ。」

キズナ「タカアシ君は四、六時中寝てるそうですから、・・」
ウラシマ「うん。寝てるよ。あいつは。」
キズナ「起きてもらったらどうなんでしょう。」
ウラシマ「起こす？SJTをたたき起こす起死回生の妙案なんてあるのかね」
キズナ「いや。私の思いつきで。彼はカニですから、生物として詳細に分析すれば、何か見えてくるものがあるんじゃないかと想うんですがねえ。」
ウラシマ「たとえば？」
キズナ「彼の好物とか、逆に苦手は何だろうかなあ。なんてね。」
ウラシマ「なるほど。好物ね。カニって何が好きなのかねえ。」
タテジマ博士「小さな魚や小動物を触角や口で刻んで食べてますね。」
ウラシマ「逆に嫌いなモノは？」
タテジマ「そうですなあ。かには小さいうちは、「鷺」とか「かもめ」とかの大型の鳥類は天敵です。丸呑みにされるんですよ。」
ウラシマ「なるほど。鳥か。しかし、SJTを上回る大きさの怪鳥なんていないしなあ。」
キズナ「鳴き声はどうなんでしょう。彼にも小さいときがあったでしょうし、鳥に襲われたら、さぞかし怖かったでしょう。」
タテジマ「そうだ。彼は鳥の鳴き声にひょっとしたら反応するかも知れない。」
ウラシマ「鷺やかもめの声にかね。」

タテジマ「可能性が無いとはいえないと、想いますよ。」
ウラシマ「もし、ＳＪＴが、鳥声に反応し、驚いて起きたら、どうなる。」
タテジマ「さあ。想像もつきませんねえ。アシ一本が五百メートルですから。島が動くようなもんじゃないんですかね。津波が起きるかも。」
ウラシマ「うーん。たたき起こしても、空港が破壊されては、何にもならんし。」
防衛官僚「だいたい、どこから、そもそもあんなでっかい漂流物が湧いて出たんだ。大阪湾は腐っている。迷惑千万だ。けしからん。茹でがにして食っちまえばいいんだ」
防衛省官僚「そうだ。かにごときに貴重な防衛予算をつぎ込んでいいんですか。」
ウラシマ「まあまあ、諸君。冷静に、冷静に。事は一刻を争うんだ。」
キズナ「どうでしょう。鳥の声で覚醒を促し、もし、空港に危機が及ぶ場合は、彼に救援をお願いしましょう。」
ウラシマ「彼って？」

お願い。クラブマン

キズナ隊長「クラブマンにお願いしてみてはいかがなものかと。」
ウラシマ官房長官「おお、そうだ。クラブマンが居たんだ。」
キズナ隊長「クラブマンは元々カニの変身ですから、ひょっとすると心が通じあうことがあるかも知れませんし。ＳＪＴの説得に役立ってくれるかも知れません。」
オダマリ司令長官「なるほど。クラブマンか。」ホリー隊員を見て。
ウラシマ官房長官「どうかね。ホリー君。ＳＪＴが関空にぶっ倒れてこないように対処出来そうかね。」
ホリー隊員「さあ。ボクが巨大化できる限界は四十メートルが精一杯ですから。」
ウラシマ「無理かね。」
ホリー隊員も考え込む。果たして、ＳＪＴの機嫌を損ねないように戦えるだろうか。
ホリー「説得もしますし、戦いもしますが・・何が起きるかは、想像もつきません。」
タテジマ博士「君の空中蹴りで、ＳＪＴを仰向けにひっくり返すことが出来れば、御の字なんだけどな。」
ホリー「脳天カニキックですか。」
タテジマ「一回や二回ではおそらく無理だろう。しかし、くりかえし、彼の顔面を攻撃出来れば可能性はある。」
ホリー「なるほど。あの巨大な眼と触角めがけて蹴る訳ですね。」
防衛官僚「そんな、あぶない賭けに出ていいんですか。防衛海軍の総力を挙げて高圧電流をＳＪＴに見舞う、その方が眠気が覚めるのではないか。」
オダマリ「高圧電流でしびれてもらう訳か。」
財務省官僚「いや、電撃作戦では、防衛予算の枠をはみ出てしまいます。今後、毎日、停電、停電では関空の復旧も遅延が見込まれます。」
ウラシマ「うーん。むつかしいか。」
防衛官僚「たかが、カニなのに。たたき起こすのに防衛予算がパーだと・・ふざけるな。」
キズナ「ＳＪＴの好物は小魚ですか。タテジマ博士。」
タテジマ「あの図体からして、小魚と謂っても、マグロやカツオクラスの魚になるんじゃないですか。」
ウラシマ「キズナ隊長、名案でも？」
キズナ「初歩的ですが、好きな魚を与えて、誘い出すのはどうかと。」
ウラシマ「なるほど。馬ににんじんと謂うわけですな。」
キズナ「予算も限られておりますし、可能そうな作戦をいろいろ試してみるしかないんじゃないですかね。」
オダマリ司令官「可能な作戦は？」
ウラシマ「鳥音波作戦」と「涙の説得作戦」「好物一本釣り作戦」というところですか。

大大阪緊急防衛会議・続き

ウラシマ官房長官「ああ、最期はホリー君にがんばってもらうしかない作戦です。」
オダマリ司令長官「くれぐれも、関係各機関連絡を密にし、ＳＪＴ防御に最善を尽くしてもらいたい。それから、ホリー君。」

ホリー隊員「はっ。」立ち上がって敬礼。

オダマリ首相「上手くやりたまえ。」

ホリー隊員「はっ。」そのまま姿勢は崩さない。

ウラシマ官房長官「では、具体対応策は各部隊、持ち帰りで検討していただくということで。大阪防衛をお願いします。防衛会議は以上で終了します。」

防衛官僚「解散。」大阪の命運を賭けた防衛会議は粛々と終了した。

会議が終わって
首府庁舎を下るエレベーター。
ホリー「いろいろ期待されましたが、無理難題です。」
キズナ「無理は最初から無理さ。今日はお偉方に無理と認識してもらう為に来たんだ。」
ホリー「はー。作戦も余り有効とは想えませんが・・」
キズナ「あとは、しこしこと出来るだけ、やってみるだけさ。」
キズナ「失敗しても、当たり前。責任うんぬんは問われないさ。」
ホリー「なるほど。」「首相も上手くやれ」と言ってただろう。
キズナ「カニのきまぐれなんて誰も何が起きるか予想できない。」
キズナ「だから、あとは気を楽にして職務に務めるだけさ。」

キズナ「タカアシ君がひっくりこけたら、大阪もこける。そう認識してもらえただけでも大きな前進なんだ。」
ホリー「なるほど。」
キズナ「片足で五百メートル、顔だけで百メートル。誰も解決なんて出来ない。失敗したら、カニのせい。成功すれば、大阪防衛隊の殊勲さ。」
エレベータは一階に到着。
庁舎出口で。
キズナ「じゃあ。オレはいろいろ打ち合わせがあるんでね。あと頼んだよお」
去っていく背中を見つめるホリー隊員。
ホリー「そうだ。今出来ることで、最善を尽くす。それしかないんだ。」
少し、肩の荷が降りたように、気楽になったホリー隊員である。
ホリー「見てろよー。タカアシ君。」
軽快な足どりで、大阪の街に消えていったホリー隊員である。

SJT覚醒作戦

「防衛会議」で、いろいろSJTに対処する防衛作戦が検討された。現在、SJTは関空への航空機進入経路を妨げるような「アシかべ」を突き出したまま、「寝たまま」である。

「彼」を積極的にたたき起こし、「覚醒」し、海へ還ってもらうように「大阪防衛隊」による作戦が実行に移されたのである。

鳥音波覚醒作戦

「タカアシ君」が苦手と予想された、鷺や渡り鳥、かもめなどのトリたちの音声を流し、「びっくらこいて」動いてもらおうという誘導作戦である。

「巨アシ」には、ODFにより、スピーカーが何個も据付られた。寝たままの顔面には特に念入りに、取り付けられた。

万が一、「びっくらこいた」SJTが関空側へアシを投げ出した場合に備え、ホリー隊員がクラブマンに変身し、「脳天キック」をお見舞いしようと待機している。

アラシヤマ「ホンマにこんなんで、怪獣が起きるのか？」

ヌレギヌ「解かりませんよ。そんなもん。質問なら、SJTにお願いします。」

アラシヤマ「片足、折れ曲がりまで、五百メートルか・・」壁を呆然と眺める。

アラシヤマ「隊長。スピーカーの取り付け完了です。」

キズナ隊長「よし、作業船に帰ってくれ。」

二人は、作業船に戻る。

関西空港へ旋回していく。しばらく、時間調整の後、「覚醒」スピーカに電源が入れられた。「鳥音波作戦開始！」

覚醒スピーカ「ギャー、ギャー、グエ、グエ」鳥の威嚇音が流れ始めた。

関空で待機する、大阪防衛隊。ＳＪＴの成り行きを見守る。

すると・・・

「ガー、グエグエ」という声にタカアシ君が、遂に眼を覚ました。

アラシヤマ「あっ。奴が起きました。」

かべとなっていた巨アシも続いて、ついにゆっくりとだが、動き出す。

ヌレギヌ「見ろ。顔だ。百メートルはあるな。」海から浮上してきた胴体に驚愕。

ＳＪＴは顔を水面下から出して、胴体部分を浮上させようと、巨アシで踏ん張っている。

ところが、アシをすべらせたのか、胴が浮上する前に、あお向けにひっくりこけてしまったのである。「ズザーバババババー」カベアシが、波間に沈み、津波のような大波が関西空港へ向けて押し寄せる。「ドバババババー」「ヒエエエエ。危ない。逃げろー。」

押し寄せる大波に、アラシヤマとヌレギヌ隊員は、必死のパッチで逃げる。

津波のような波が、波消しブロックにぶち当たり、すさまじい波しぶきがあがる。

アラシヤマ「えらいこっちゃ。えらいこっちゃ。」必死の逃走である。

鳥音波誘導作戦

「鳥の威嚇音」は、ＳＪＴをよほど、驚かせたのか。タカアシ君をあお向けに卒倒させてしまうという予想以上の反応となってしまった。ぶっとんだタカアシ君は、裏返しとなり、全長二キロにも及ぶ巨大な島となって、空港沖にプカプカし出したのである。

心配された、波の余波は、クラブマンが自らが防波堤となり、何とか食い止められた。

アラシヤマ、ヌレギヌ隊員は、空港の端から端まで、水鉄砲に流され、テトラポッドにしがみつくという災難であった。空港も一部が浸水し、水浸しとなった。

「ドアアアア。にげろおおお」

管制塔内、臨時防衛指揮所。キズナ隊長。

「アラシヤマ、ヌレギヌ、大丈夫かー。」

アラシヤマ「な、な、何とか。無事です。」

ホリー隊員「クラブマン」となって、脳天キックを見舞う心づもりであったが、そのままにSJTが、転んでしまった。「波消し防波堤」としての活躍に複雑な心持。

管制塔内
管制官N「やった。障害は取り除かれた。よくやってくれた。キズナ隊長。ありがとう。」

キズナ「いいえ。私はなにも。礼ならアラシヤマ、ホリーらにお願いします。」

関空沖にプカーッと浮かんだSJTは、今のところ意識を失ったままのようだ。

鳥音波がこたえたのであろう。

航空機の飛行進路はようやく、解放され、関係者はとりあえず、「ほっと」胸をなでおろした。

管制官R「いやあ、SJTは聞きしに勝るデカサだ。空港のとなりに、「島」が出来てしまった。海面からは、巨アシが何本も突き出し、異様な光景だ。」

「涙の説得作戦」

鳥音波作戦の誘導の前に、寝ているタカアシ君に対し、クラブマンの全精神感応を集中した「呼びかけ、説得」が実行された。「ドアッ。ショバッ。タアアアー」はでなジェスチャー入りで、タカアシ君の大顔の前で、クラブマンは敢闘したのである。しかし、タカアシ君を覚醒に至らしめることにはならなかった。

あお向けに卒倒してしまった、SJT。巨大な「カニ島」が出来上がってしまったわけだが、問題がこれで、解決した訳ではない。「空港」から少しでも遠くへ、移動してもらわなければ、「気まぐれ」でアシ一本で、空港がつぶされる危険は依然としてあるのだ。

キズナ隊長。

「一歩前進というところか。次は一本釣り作戦だな。」

SJTの進んで欲しい海の方向に、少しづつ、好物である、マグロやかんぱち、カツオなどの魚を放流し、空港から少しでも遠ざけようという、「馬ににんじん作戦」である。

怪獣一本釣り作戦

関西空港沖で、仰向けにひっくり返った大怪獣SJT。海から突き出た、彼の巨顔の前で、今度活躍するのは大阪防衛隊所属の潜水艦「ファイヤーマリン」である。彼の好物である「マグロ、かつお、カンパチ」などの魚を、次々と、潜水艦上から、海へ放流する。
イバ参謀「急げ。何時なんどき、奴は眼を覚ますかわからんのだ。大至急、粛々と任務を完了せよ。」
各潜水士たち　緊張の面持ちで、「了解。」海面にさかなたちを、放り込んでいく。
ソウダ艇長「エビダス、ゲゾダスの次は大ガニとは・・大阪湾は狂っとる」
イバ参謀「ほぼ、えさの放流は完了しました。艇長。」
ソウダ「よし。しばらく、待機だが、怪獣との距離をとる。微速前進。」
イバ参謀「微速前進。進路そのまま。」
ファイヤーマリン一一五号はすこしずつ、ＳＪＴから離れていく。
そのころ関西空港、臨時怪獣防衛司令部では・・・
キズナ隊長。「ソウダさん。後、ＳＪＴの誘導よろしくお願いします。」
ソウダ艇長「了解。奴が覚きるまで、待機します。」
キズナ「ふー。あとは怪獣待ちだな。」
司令部に還ってきたホリー、ヌレギヌ、アラシヤマ隊員。みんなずぶぬれである。
ホリー「説得は無駄でした。隊長。」
アラシヤマ「ふっとばされた時は死ぬかもしれんと想ったよ。」
ヌレギヌ「同感であります。」体から、水分を絞っている。

キズナ「みんなご苦労さん。しばらくは待機だ。交代で休憩をとってくれ。」
隊員たち。「ハッ。」隊長めがけ敬礼。
ホリー「タカアシ君はなかなかずぶとい奴でした。」
キズナ「かにの気まぐれに、いつまでも振り回されてる訳にはいかんのだがなあ。」
ホリー「全くです。」
空港沖には、巨大タカアシ君の、「卒倒した裏返しの姿」が眼に入ってくる。
ヌレギヌ「あのでかさはケタはずれだ。」
ホリー「全くです。」
果たして、この後、タカアシ君はうまくファイヤーマリン号に誘導されてくれるのだろうか。「カニの気まぐれ」事件はまだ続く。

大ゲゾ対タカアシ君

大阪湾は今、話題沸騰である。「関西空港、使用不能。原因はオオガニ。」謎の巨大生物の登場は、マスコミを通じて、世界へ発信され、生き残る各国から、問い合わせが殺到しているのである。F一〇四R戦闘機部隊の攻撃にも、微動だにしなかったその不動の姿は、腐臭海対策に追われる各国には、その大きさ、頑丈さは脅威に想え、頼もしく見えるらしい。「わが国の腐臭海で、タカアシ君にぜひ、泳いでもらいたい。サルガゾーラも怖れて近づかないその巨体で、腐臭海のシンボルとなって欲しい。」など人気爆発なのだ。

臨時防衛作戦司令部
「大阪新報」新聞に目を通すキズナ隊長。「SJTついに動く」「大阪湾に新島現る」派手な見出しの記事が誌面を賑わす。

関西空港　空港再開をめざして、準備を進めている。

管制官N「世間では、あのオオガニ、凄いヒーロー扱いなんですね。こっちは徹夜続きで、寝るヒマも無いと謂うのに。」

キズナ「まあ。マスコミは何でも面白可笑しく書くもんですよ。」頭をパンパンはたく。

管制官N「このまま、順調に空港再開してくれないと、交通は完全にマヒです。」

キズナ「私どもも、ご期待に沿うように努力しておるんです。」

関空沖で「一本釣り作戦」を展開する大阪防衛隊・海上部隊。潜水艦「ファイヤー・マリン」は、南方面へSJTを誘導しようと、好物となる大量の魚をえさとして、撒いていた。タカアシ君がえさに気づいて後は、誘い出す作戦である。

ファイヤーマリン艦橋上
双眼鏡でSJTを監視する隊員。

「おっ。サカナの廻りに泡が立っている。動きあり。」

潜水艦内

イバ参謀
「おい、オオトモ、動きとは何だ?」

現場を凝視していたオオトモ海兵。サカナのえさの群れの真中に現れた、巨大なゲゾの顔に驚愕。

「大変です。餌付け現場にゲゾダス浮上。指示を乞う」

何と、餌付けに反応したのは、タカアシ君ではなく、大怪獣ゲゾダス、化け物イカだったのである。「ゲゾダスはさかなを取り込みながら、タカアシ君に取り付いています。」

緊急警報発令。

「緊急事態発生。こちら、ファイヤーマリン。餌付けに反応したゲゾダスが出現。SJT島に上陸してきます。巨アシでタカアシ君の顔面を殴っています。緊急事態発生。」

臨時防衛司令部
キズナ隊長「あのう。タカアシ君には動きはありませんか。」

イバ参謀「SJTは、気絶したままのようで。ゲゾダスは島に上陸しました。」

キズナ「うーん。まずいな。」

管制官R「今度は大ゲゾですか。大変だ。」

島に上陸した大怪獣ゲゾダス。全長八十メートルはあろうかという巨体でガサゴソ歩いて行く。関西空港の再開はどうなる。

SJT島対決　ゲゾダス対ダッコラス三世

ODFの「鳥音波作戦」で、ついに動いたSJTだったが、驚きすぎて、仰向けにひっくりこけてしまった。関空沖に巨大な全長二キロに及ぶ島が出来てしまった。好物の魚を海に撒き、「一本釣り作戦」に出た防衛隊であったが、反応したのは、大ゲゾ怪獣ゲゾダスだったのである。全長八十メートルにも及ぶ巨体で、島に上陸してきた。

臨時防衛司令部
関西空港再開を目指し、スタッフががんばっているところ、「いきなり」現れた、ゲゾダスの巨体にスタッフたちもパニックである。
管制官N「な、なんだあ?あ、あれはイカか?」
管制官H「腐臭海の怪獣か?」
仮眠をとっていたキズナ隊長も、慌しい動きに対応が後手後手である。
キズナ「どうしたんです。タカアシ君は起きましたか?」
管制官O「また別の怪物が現れましたよ。見てください。島に上陸してきました。」
キズナ　ゲゾダスの巨体に、部屋の屋根を呆然と見つめる。頭を掻く。
「どうもうまくいかんなあ。」

仮眠から起きてきた、アラシヤマ
「何ですか。また別の怪獣か。隊長。蜂の巣にしてやりましょう。」

ヌレギヌ隊員も起きてきた。が、憔悴した表情だ。「また怪獣か。」

キズナ「我々の仕事はＳＪＴに海に還ってもらうことだ。勘違いするな。」

アラシヤマ「それはそうですが・・」

無線マイクを取り上げる隊長。

「あー、あー。潜水艦ファイヤーマリン。感度ありますか。」

潜水艦ファイヤーマリンでは、
レーダー通信士「こちら、ファイヤーマリン。どうぞ。」

キズナ「タカアシ君は気がつきましたか?」

イバ参謀「ゲゾダスにボコボコにされて、眼は覚めました。しかし、気力ない眼で浮かんでいますが。」

キズナ「一本釣り作戦」を継続してください。少しでも空港から離れてもらうように。

イバ参謀「了解しました。作戦継続します。南へ誘導します。」

キズナ「よろしく。」

潜水艦から、少しずつ、タカアシ君の好物を眼の前の海に放流しながら、進路を南方へ取るファイヤーマリン。ゲゾダスに踏みつけにされた小さな顔の触覚やはさみで、魚を捕らえ始めたタカアシ君である。

「やっと眼を覚ましたＳＪＴ」

大怪獣ゲゾダスにボコボコにされて、やっと気がついたＳＪＴは、ファイヤーマリン号の放流したエサに魅かれ、少しずつではあるが、南へ動き始めた。

ファイヤーマリン艦橋
イバ参謀「よし。順調に食いついたぞ。微速前進。進路そのまま。」

ＳＪＴは小さな顔から突き出した目をキョロキョロしながら辺りを伺っている。

レーダー士
「ソナー感あり。前方八百。かなり巨大な生物らしき影です。スクリュー音なし。」

ソウダ艇長
「戦闘配置」

アイウエ航海士「戦闘配置！」緊急警報が艦内に鳴り始めた。走り出す兵士たち。

ソウダ「潜望鏡深度まで、潜水する。一本釣り作戦は中断。参謀を収容せよ。」

イバ参謀「ちっ。もう少しなのにな。残念だが」海を見つめ無念の様子。

操縦士「目標はＳＪＴに接近してきます。距離約四百。」

ソウダ「イバの収容急げ。急速潜行だ。」

操縦士「急速潜行準備！」慌しくなる艦内。

ファイヤーマリン号の後方。タカアシ君の食事現場。泡立つ波。盛り上がる海。

「ドドドドオオオ」波間から浮上してくる巨大なタコの頭。うごめくアシ。

「ダッコラスだ！」

腐臭海の大怪獣。東京で大暴れした初代と比べて、大きさは百メートル程の三代目だ。

サルガゾーラを藻のように纏いつつ、タカアシ君の顔面を巨アシで殴りつけている。

今度はまたも、ダッコラスの巨大アシに踏みつけにされるがままのＳＪＴ。ダッコラスもそのまま、島に上陸してきた。

ソウダ艇長
「なんということだ。ダッコラスだ。島に上陸するぞ。」

イバ参謀「もう少しでＳＪＴの移動が完了するのに。」

操縦士「目標は、ＳＪＴ島に上陸。どうしますか。」

ソウダ「決まっとる。超電磁玉砕魚雷。発射準備にかかれ。」

イバ参謀「怪獣が海に入り次第、魚雷発射だ。一番、二番、準備。」

魚雷庫「一番、二番、発射管へ。準備よろし。」

ソウダ「進路反転、百八十度。前進微速」

操縦士「進路反転、百八十度おー完了。」

ゆっくりと、進路をＳＪＴに向けていくファイヤーマリン一一五号。

ＳＪＴの仰向けの腹部は今、海上で、島として浮いている。

激突　大怪獣ゲゾダス対ダッコラス三世

ＳＪＴ島に上陸したゲゾダスとダッコラスは巨大生物が、挽きあうように、長いアシをガサゴソさせながら、島上でお互いが「ガチンコ」で、激突した。「ブシュウウウ」「キェエイー」ダッコラスの頭突きに、ひるむゲゾダスだが、長いゲゾアシで、そのまま、ダッコラス頭を抱え、ボコボコに殴りつける。「ブッシュウウウ」。漏れ出す腐臭ガス。ダッコラス三世も、長いダッコ足をゲゾダスめがけ、左右上下から見舞っている。大怪獣の激突である。

関西空港。臨時防衛司令部
管制官たち。「えらいことになりましたなあ。」
キズナ隊長「いろんな奴が、釣れてますなあ。」島の様子を遠い眼で見つめる。
アラシヤマ「出動しないんですか。隊長。ここはＯＤＦの出番です。十八番です。」
キズナ「まあ、慌てるなよ。釣りの成果としてはなかなかじゃないか。」
アラシヤマ「どうするんですか。奴らがこちらに上陸してきたら。」
キズナ「そんな、危ないハナシ。あんまり考えないようにしようよ。」
アラシヤマ「そんなことでは、大阪防衛は、はたしぇませーん。」

キズナ　パンパンと頭を叩く。
「痛み入るよ・・勘弁して・・」隊長席に沈んでいく。
ホリー隊員とヌレギヌ隊員は、建物から外へ出て、となりのＳＪＴ島の怪獣同士の激突を生で眺める。
ホリー「へー。あれがゲゾダスですか。八十メーターはあるのか。デカイな。」
ヌレギヌ「ハー。ダッコラスだよ。あのアタマは。またガス吐くぞ。」
ファイヤーマリン号が近距離で警戒している。
ホリー「えらいことになりましたなあ。」
ヌレギヌ「超電磁魚雷で攻撃予定だそうだよ。」
ホリー「えらいことになりましたなあ。」
関空の埠頭先で、達観する大阪防衛隊の二人。
二人の視線の先には、二大怪獣に踏みつけにされたタカアシ君の小顔が。
大きな目をキョロキョロさせて、ショックは余りなかったかのようだ。触手で何かをつかんで食べている。たたき起こされた後は、食欲旺盛だ。
ホリー「タカアシ君は元気みたいですよ。良かった。」
ヌレギヌ「あれは大物だよ。ケタが違うよ。」
チョロチョロと捕食しつつ、ＳＪＴは南へ、南へゆっくりと動いている。

島ではゲゾダスとダッコラスのドッキアイが架橋を迎えていた。

八本対十本　からまる怪獣

「キエエイイー。」「ブッツシュウウワアー」ゲゾダスとダッコラスは巨体同士で離れては、殴り合い、どつきあい、巨アシでからみつき、締め付ける。ひっくりこけて巨体同士からまってころがっているうちに、ダッコ足八本とゲゾダス足十本は、見事にからまりあい、グチャグチャになってしまった。「キエエーイ」「ブグウウッシュウウ」最後はお互い、相手の顔めがけ、大ゲゾチョップ、大ダコボンバーを見舞うが、もう、からまって動けない。お互い食欲は旺盛のようで、ゲゾダスはダッコラスに付着したサルガゾーラを食っている。ダッコラスもダッコ口をパクパクさせて、もがいている。

関西空港。先端の埠頭からSJT島の激戦を双眼鏡で眺めるホリー、ヌレギヌ隊員。
ホリー「えらい戦いになりましたなあ。」
ヌレギヌ「えらい戦いになりましたなあ。」
上空には、F一〇四R飛行隊の編隊が再び、現れた。大怪獣を空爆するのか。
ホリー「えらいことになってきましたねえ。」
ヌレギヌ「えらいことになってきたよ。」旋回する一〇四Rは攻撃態勢に入った。

「ギュイイイーン。シュゴゴゴオオー」ロケット弾が、怪獣めがけて飛んでいく。

「ドグワワアアアン。ズバッシイイイン」命中するロケット弾。あちこちで、爆発が起こり、絡まりあう大怪獣も、「何とか」動こうとしようとするが、二大怪獣は横転したまま、もがきながら、島をごろごろと転がっていく。そのまま、島の端からからまりあったまま
ゲゾダスとダッコラス三世は大阪湾に転落。「ズババーン」巨大な水柱が上がる。

海上で、今度はもがく二体に対し、潜水艦「ファイヤーマリン」から、超電磁玉砕魚雷が発射された。「シュルルルルー」「ドグワアアアン」「ドッババババンン」ダッコラスの頭に命中。吹き上がる火柱。燃え上がる海。

ゲゾダスとダッコラス三世は、炎に包まれながら、海に没していった。「キイイエーン」

ファイヤーマリン内
イバ参謀　潜望鏡を覗く
「どうだ。やったか？」

レーダー士「二大怪獣、我が命中弾により、湾に沈んでいきます。」

艦内から湧き上がる兵士たちの歓声。「俺達の勝利だ！」

ソウダ艇長。

「ＳＪＴの様子はどうか。」

イバ参謀「動じる様子はありません。南へ移動継続中。」

ソウダ「どうやら、作戦も成功しつつあるようだ。」

「防衛隊司令部へ状況連絡。ファイヤーマリンはＳＪＴの監視を続行。」

その頃、キズナ隊長はまだ、隊長席に沈んだままだった。

関空再開

その後、空港は、関係者の努力で「空港閉鎖」は解除された。

史上空前の大かに怪獣ＳＪＴは、エサを捕食の後、「自分が実は裏返しである」ことに気がついたかどうか、定かではないが、海に沈んでいったのである。巨足をばたつかせると、空港へも津波などの被害が心配されたが、彼はほとんど「動く」ことなく、ブクブクと沈んでしまったのである。

マスコミ始め、世間の興味は、「タカアシ君」の大暴れする姿に集中していただけに、そっけなく姿を消してしまったことに、「拍子抜け」と謂ったところだ。

「不動の大怪獣」をみごと動かすことに成功したＯＤＦではあるが、
しかし、キズナ隊長始め、大阪防衛隊の悩みは深い。体力、気力も限界が近い。


大阪城基地へやっと、帰還した防衛隊の面々であるが・・みなヨレヨレである。

陽炎副隊長「隊長。ご苦労様。何とかなりましたね。」

キズナ「いろいろ、バックアップありがとう。また十年歳取ったよ。」頭をはたく。

ホリー隊員「怪獣総進撃」でしたね。制服の上着を脱ぐと「シップ」だらけ。
アラシヤマ「オレは腹へるばっかりだった。あー、焼肉定食。」痛風の足が痛む。
ヌレギヌ「空港へ溺れに行ったみたいだった。」ああ、栄養失調。
ローラ「良かったわ。みんな。無事で。」明るい笑顔。

隊長席に沈むキズナ隊長。疲れた様子である。腰、肩が悲鳴を上げる。
ローラ「隊長。大丈夫ですか。どうぞ。」コーヒーを淹れてくれる。
キズナ「ああ、ありがとう。まだ生きてるんだな。」カップを見つめる。
陽炎「大変な作戦でしたね。」
キズナ「どうにも。全長二キロに及ぶ大きさなんて。未体験ゾーンばっかしでね。」
ホリー「涙の説得」はうまくいきませんでした。
キズナ「防衛海軍」の方がもっと大変だった。かにの気まぐれにつきあわされて。
ホリー「そうですね。」
キズナ「ああ。ここんとこの海の異変で、オレたちはボロボロだ。」腰をなでる。
ホリー「みんな、疲れています。」
陽炎「さあ。お疲れの皆さんは早く休んでくださいよ。」輝く笑顔。
ヌレギヌ「そうします。お休みなさい。」作戦室を出て行く。憔悴の態で。
アラシヤマ「オレは飯だ。飯だ。」食欲旺盛である。足を引きずりながらも。

疲れの見える大阪防衛隊の面々は、「待機」業務を陽炎副隊長にお願いして、それぞれが作戦室を後にしたのである。

海の異変に翻弄される大阪防衛隊である。

迷走。Bデス細胞

「ユメシマ丸事件」より生じた、「Bデス細胞」の大阪湾への流出疑惑。キズナ隊長はその後も、大阪府警捜査課の田貫刑事から、捜査の情報交換を続けていた。現在、紀伊地方に頻発する「怪物ガイダス事件」は、どうやら、「Bデス細胞」に因る可能性が濃厚となってきた。「不死身の再生細胞」が、「サルガゾーラ」などの腐臭海の細胞と異常反応を起こし生まれてきた生物との指摘が科学者グループにより、より確信性を帯びてきたのである。

非番のある日。京橋駅。この辺りは大阪の交通の大動脈・「大阪環状線」の主要駅ということもあり、通勤、通学の客で昼、夜問わず、人の流れが途絶えることがない。「ハイテックスオオサカ」と呼ばれる、サイバー高層ビル街と、旧世界からの商店街などが混在するデイープな街である。駅前のど派手なパチンコ店のとなりに、サイバーネットカフェ「次元断層」の立て看板が出ている。

パチンコ「大噴火」で、かるーくスッテしまった大阪防衛隊のキズナ隊長。非番ということもあり、私服の厚手のコートに、防寒帽というでたちで、店を出てくると、寒さにコートの襟を締める。「さ、寒い。」懐具合も寒い。

待ち合わせの夕刻、六時を少し過ぎている。そのまま、となりの「次元断層」への階段を登って店内へ。

二十四時間、ネットから宿泊まで利用可能なこの店を隊長は、時々訪れる。「おまたへ」「いやあ。」奥のボックスで、待っていたのは府警捜査課のタヌキ刑事である。

キズナ「寒いねエー。ここんとこついてないわ。」手をこすり合わせる。

タヌキ「東京沈没で、電力供給もなかなか追いつきませんな。」二人は旧知の仲である。

キズナ「ちょっと待ってね。」店員に「ミックスサンド」を注文する。

タヌキ「いやあ。なかなか難しいですな。あのBデスは。」

キズナ　懐からたばこを取り出し、早速、火をつける。「シュボッ」「フー」煙が舞う。

タヌキ刑事もたばこを吸う。机の灰皿はすでに、かなりの灰がこぼれている。

「我々は不健康ですな。」「そうね。」タヌキさんも、懐からメモを取り出し、チェックし始めた。

タヌキ「そもそも、Bデス細胞を研究していたのは元々、東京在住の科学者、ユメシマダ博士でありまして・・腐臭海のサルガゾーラを取り込んでも、成長する細胞だそうで、多国籍企業「マホロバトロス」の後援で、それなりの成果をあげとったそうですわ。」

キズナ「ふーん。サルガゾーラをねえ。それで?」

タヌキ「ところが、例の東京沈没で、博士自身も避難民となり、大阪居住区に移されてからは、食料事情などが一気に悪化し、配給も滞るようになってしまいました。」

東京での輝きは失せて、生活困窮の恨みは大阪新政府に向いたそうです。

キズナ「なるほどねえ。」ミックスサンド到着。ここはドリンクは飲み放題である。

キズナ「でも、研究職って高給取りなんじゃないの？」

タヌキ「もちろん、マホロバトロスの支援もかなりあったんですが、研究にはとにかく膨大な費用がかさんだようで。特許なりに結びつけば良かったんですが、その前に、東京が沈没してしまったので、儲かる当てが無くなってしまった訳ですね。」

キズナ「なるほどねえ。それで？」

タヌキ　コーヒーを一口。「避難民居住区で、個人では研究は続けられないので、新しいスポンサーを探し取ったそうですが、」

その後、博士の消息はプッツリと途絶えてしまいました。

キズナ「行方不明？」「そうです。」

ユメシマ丸で、「実験体」を九州へ移送しようとしていたらしい」とここまではつながってきたんですが、コンテナ移送には、別の企業名も出てきてるんですけど、どうにも難しくてね。なんせ、肝心のコンテナは深海に沈んだままで、引き揚げも困難となるとね。」

ミックスサンドに手が伸びる。

キズナ「ガイダスか。大阪湾では、何が起こっているんだろうね。」

タヌキ刑事「どうにも、暗礁に乗り上げてしまったようで。」
キズナ「いや。ありがとう。それだけでも、助かるよ。」
「シュボッ」タヌキ刑事も、また、タバコに火をつける。
どうやら、「ガイダス」は人災により、生まれ出た怪物なのだ。
タヌキ「ガイダスは北上しています。いずれは大阪に。」
キズナ「来るだろうね。おそらく。」
タヌキ「大阪局地防衛隊も苦戦続きですね。最近は。」
キズナ「次々と、別の個体が現れるからなあ。とてもじゃないが、人も予算も足りない。」
タヌキ「本当に、大阪は異次元断層にはまっちまったんじゃあないですかね。」
キズナ「我々のシゴトはいつも、基本的に手遅れなんだ。」パンパンと頭をはたく。
タヌキ「まったく・・」
二人の中年おやじは、サイバーカフェ「次元断層」で、そのまま底へ沈んだままだった。

新兵器サナダフラッシュ

頻発する「巨大怪獣」事件に後手後手の大阪局地防衛部隊。首府防衛の切り札である「サナダホーク」の戦闘能力を何とか高められないか、保守ハンガーでは、シマ保全長を始めとした、改造スタッフが、タテジマ博士の指導の下、「新兵器」開発に取り組んでいた。

「サルガゾーラ」の研究を元に、怪獣を内部から破壊する、生体化学ミサイル
「サナダフラッシュ」の搭載計画である。

ミサイルより破壊力は、強力で、しかも、サナダビームほど、火の海にならない、ある程度の安全性も併せ持つのが、「フラッシュミサイル」である。

シマ「コイツで、世間で噂の大怪獣と渡り合えるのかね。」

ハンガーでは、整備メンテスタッフが、ホークの改造に取り組んでいる。

タテジマ「元々、サナダ・ホークは腐臭海そのもの、つまり、サルガゾーラ対策を念頭に開発した戦闘機なので、サナダ・ビームやボムなど熱戦砲や火器武装が中心なんです。」

シマ保全長「そうだね。」

タテジマ「ところが、大怪獣戦中心となると、市街戦を中心に考えないといけない。ビームでは、火の海になるし、三日月砲など対怪獣迎撃用武器には限界がある。巨大化が進む怪獣が、大阪市街に上陸したケースを想定し、火を出さずに、しかも強力な搭載武器がサナダ・ホークには必要なんです。」

シマ「うむ。」ハンガーには試験開発されたばかりの「サナダフラッシュミサイル」が。

防衛陸軍・伊丹戦車隊の協力で、運びこまれていた、首府の防衛対策予算から緊急に開発が認可されたモノである。

陽炎副隊長は伊丹隊の協力に、幹部にお礼を述べている。

陽炎「新兵器の移送協力、感謝します。」
伊丹隊移送兵員A「何の。大阪防衛隊の活躍に一助になれば。」
陽炎「戦車隊長によろしくお伝えください。」「ハッ」「それでは。」
伊丹隊の運送電源車が、大阪城基地の発進ゲートを帰っていく。
「ほー。これが例の必殺技ですか。」キズナ隊長がハンガーへ。
タテジマ「対大怪獣戦闘用市街地迎撃ミサイル・サナダフラッシュ」です。
キズナ「フラッシュですか。」
タテジマ「フーラアアシュッ！です。」
キズナ「ほー・・それで、博士、どんな威力がおありなんです？」
タテジマ「先端部がドリルで、怪獣の装甲を貫通の後、内部爆発します。」
キズナ「ほー・・それで？」
タテジマ「爆発しまーす。フウラアアシュッです。」
キズナ「ほー・・フラッシュですね。それで・・」
タテジマ「爆発すれば、怪獣の組織ソノモノを化学的に破壊します。」
キズナ「ほー・・科学的にですか？」
タテジマ「科学的にです。」
キズナ「なるほど。それは凄い。そんなに、火の海にはならないんですね。」
タテジマ「市街戦には、きっとお役にたちますよ。」

陽炎「隊長。ミサイル搬入。完了です。」
キズナ「いやあ。副隊長が来てくれてから、防衛省に無理難題なお願いがしやすくなって、とても感謝してるよ。オレなんがじゃ、ほとんどハナクソ扱いだもんなあ。」
陽炎「イヤですわ。隊長。ハナクソなんて。」ニッコリ微笑う笑顔が素敵。
ハンガーに輝く「サナダ・フラッシュ」に、メンテメンバーの表情も明るい。

伊丹戦車隊に「昔」配備されていた「10式戦車」

PAC（パック）3システム（4連装）を改良した
「サナダフラッシュミサイル」

六連装ミサイル

首府防衛迎撃戦闘機「サナダ・ホーク」の地下メンテ・ベースでは、「フラッシュミサイル」の搭載・改造がメンテスタッフによって、進行中である。

「六連装ミサイル」という噂を聞きつけたアラシヤマ隊員。鼻息も荒く、ハンガーへ降りてきた。

アラシヤマ「フッフッフッ。見たかあ。この輝きい。血が騒ぐぜ。」フラッシュミサイルをなでなでしている。

ミオギノ整備士「気をつけてくださいよ。アラシヤマさん。こいつの威力は凄いんです。」

アラシヤマ「威力はサナダミサイルの十倍だせえ。十倍。」

キズナ隊長「アラシヤマはいつも元気だねえ。」

アラシヤマ「無論であります。ＯＤＦの隊員たる者、いついかなる時にも、心身の健康状態を保っておくことは、基本中の基本であります。」隊長に敬礼。

プカーとたばこを燻らす隊長。こぼれる灰。「そうだね。痛み入るよ」

「オレは不健康そのものだ。」ヌボーと改造されるホークを眺めている。

アラシヤマ「隊長！早速サナダホークによる試射をお願いします。」

キズナ「試射あ？」プカアーと煙が舞う。

アラシヤマ「無論であります。専属操縦員としましては、一刻も早くフラッシュの取り扱いに慣れておきませんと・・」
キズナ「それは無理だな。」　アラシヤマ「へっ?どうしてですか。」
キズナ
「解かるか。サナダホークのフラッシュミサイルは六連装なんだよ。」
アラシヤマ「無論であります。何せ六連発ですから・・」
キズナ「六発だけなんだよ。」
アラシヤマ「へ?どういう意味ですか。隊長。」
キズナ「サナダフラッシュは六発しか撃てないと謂うことだよ」
試射で、速射攻撃をイメージしてきたアラシヤマ隊員。
「六発だけ」という隊長の返事を聞き、顔が青ざめる。
アラシヤマ「エエエー。六発だけえええー」ハンガーからホークへ飛び込みそうである。
キズナ「そう。大阪防衛隊の全フラッシュミサイルは装填数六で終了だ。次は無いんだ。」
アラシヤマ「エエエエエエー。」驚愕の顔。
アラシヤマ「と、と、と、ということはああ、大怪獣が次々と現れても?」
キズナ「六発だ。」「怪獣がてんこ盛りで現れても?」「六発だ」。
キズナ「貴重なサナダフラッシュミサイル六連装には、以上の理由から百発百中の命中率と高度な射撃技術が要求される。アラシヤマ隊員、一丁ことある時は頼んだよお。」

アラシヤマ「エエエエエエー。」ムンクの叫びでハンガーで凍りつく。

ギャラクシー・グッドラック二世号

「大阪局地防衛戦闘部隊」の地下基地では、今、「サナダ・ホーク」の強化改造が行われている。「サナダフラッシュ」搭載で、大怪獣迎撃にも、期待が持てそうである。
一方、「車両保守倉庫」では、「対ドッツボダス戦」で失われた指揮車に代わる新車両の改造も整備班らの手により、しこしこと進んでいた。
作業を見学にやってきた、ホリー隊員。「トンカン、トンカン」と旧ぼけたアメ車のような大型車を整備している姿に。「何ですか。このボロイクルマは?」舞い上がるホコリ。
ミオギノ「旧世界で放棄された、アメ車をちょっと拾ってきてねえー。」
ホリー「動くんですか。これ、百年以上前のシロモノでしょ。」
ミオギノ「ノープロブレム。ホリーさん。8人乗りよ。8人」
ホリー「へー、それは凄い。前はベンチ・シートだ!、ハンドルも左じゃないか!」
ミオギノ「すぐ、慣れるよ。現場へのパトロール出来ないと困るもんねえ。」
ミオギノ「フォード・ギャラクシー・グッドラック二世。GG二世、V8で、7リッターエンジン搭載だよん。」
ホリー「へー。強力そうなエンジンですね。」

ミオギノ「勿論。でもひとつ心配な点があるんだ。」
ミオギノ「コイツは馬力は凄いが、燃費は最低だ。リッター二キロ未満。」
ホリー「エエエエ。二キロないんですか。」
ミオギノ「そう。アクセル踏み込むと現場へ到着出来ない。」
ホリー「エエエエエー。」
ミオギノ「ソロリソロリ滑るように、走らすんだ。慣れるしかない。」
ホリー「エエエエエエー」
大阪局地防衛部隊の新兵器には致命的な欠点が存在する。しかし、それでも、「無い」よりはマシなのだ。
「ブロロロオオン」「ブロロロオオン」豪快な吹きあがりの音は、いかにもアメリカっぽい。ここは、テキサスの荒野か。ラスベガスの砂漠か。豪快なエンジン音を響かせて、GG二世の発進する日は近い。

1966 年製フォードギャラクシー

ヤケ食い　ローラ隊員

ＯＤＦの誇る才媛・ローラ隊員。元婦警さんということもあり、看護師としてメディカルルームでの働きも、通信士としても何でもそつなくこなす姿は隊員一同、皆が認めるところである。作戦室で、ローラ隊員に一杯のコーヒーを淹れてもらうひととき、それは大阪防衛隊にとって、ひとときの安らぎの瞬間なのだ。
ところが、「ドッボダス戦」以降、ちょっと様子が変だ。冷静沈着のはずが、突然、涙ぐんだり、笑いだしたり、気持ちの変動が大きい。　サナダ・ガン試射室で
「ヤケ食い。ローラ隊員。」

ここは、防衛隊基地の中にある、射撃訓練室。「サナダ・ガン」の試射練習が出来るようになっている。普段、見かけないローラ隊員の姿がここに。

右手にサナダ・ガンを構え、前方の標的に照準を定めて・・・

「ドオン。」「ズドオン」「ゴバーン」反動を気にせず、連続射撃！

射撃終了。「フー」。ため息をつく。

アラシヤマ「いやあ。凄い威嚇射撃。」タマはほとんど、標的には当たっていない。

ローラ「・・・」タマを入れ換えようとする。

アラシヤマ「肩に力が入り過ぎだぞ。ローラ」
ローラ「・・・」サナダガンを机に置き、そのまま部屋を出て行く。

防衛隊・食堂兼喫茶。

「癒しのマーボー丼」でくつろぐホリー隊員。そこへ、普段は、「マイ弁当」で過ごし、食堂では余り見かけないローラ隊員の姿に「おっ、ローラだ。どうしたんだろう。」驚く。

「日替わり定食」を注文したローラ。陽当たりのいい席に着席。

まなじりを決して食べ始めた・・その食べっぷりに驚くホリー隊員「凄い」

あっという間に「日替わり定食」を食べ終わると、トレイをカウンターへ。

「もう食っちまったのが」と見ると、今度は「ホイコーロー定食」を注文。

「おお、ホイコーローも食うのか。」心配をよそに、ローラはまた、着席するや、まなじり決してどか食いである。これまた、あっという間に平らげた。

今度は「ハンバーグ定食」だ。パクパクと食事のスピードの加速は続く。

「大丈夫か　おい、ローラ」ホリー隊員の声かけにも、ローラは動じる様子は無い。トレイをカウンターへ返し、今度は「カツライス」を注文。続いて「エビフライ定食」、「中華丼」、「おでん定食」、「ちらし寿司」「ケーキセット」、「ラーメン」と怒涛のどか食いは止まらない。まなじり決して、「何かに」とりつかれたように一心に、食べ進める姿は神々しくもある。一揃い、食堂のレギュラーメニューを食べつくして、「ケーキセット」に再チャレンジする頃、ホリー隊員は再度声をかける。「おい、ローラ。大丈夫か。食いすぎだぞ。」
ふっと、我に帰ったローラ。「ふー。食べたわ。私。」
ホリー隊員「大丈夫か。ローラ。気分悪くないか。」
ローラ「あら、ホリーさん。めずらしい。」ニッコリ微笑む。
ホリー「珍しいのは、君の方だよ。そんなに食べて何ともないのか。」
ローラ「平気よ。私。お腹すいたの。ちょっとだけ。」
ホリー「ちょっとだけえ？」
ローラ「ケーキセット」のトレイをカウンターに返すと、何事もなかったかのように食堂を後にする。「ちょっとだけ」の意味をよくよく考えてみるホリー隊員である。

ヌレギヌ・タダオの決意

ＯＤＦ特装車倉庫兼ハンガーに最近吹き荒れている、新改造指揮車「ギャラクシー・グッドラック二世号」の排気音。整備班の手により、しこしこ完成の日も近い。

ハンガーの片隅、ドリフター・バイクの置き場で、最近、ヌレギヌ隊員が、勤務終了後何やらかんやら自転車の練習に勤しむ姿が目撃されるようになった。

大阪防衛隊のオールマイテイとして、コンピューターの扱いから、サナダ・ホークの操縦まで、ヌレギヌ隊員の活躍する場は多い。タテジマ博士に直接、意見具申できるのは彼ぐらいなもので、その旺盛な知識欲はＯＤＦメンバー皆が尊敬するところである。

ところが、彼にも唯一、弱点が存在した。自転車に乗れないことである。

「ＧＧ二世」の専従パイロットは、ヌレギヌ隊員である。クルマの運転は問題ない。

ただ、燃費の不安から、スペアタイヤ代わりとして、二台のドリフター・バイクが、トランクに搭載されることになり、ヌレギヌ隊員の不安は頂点に達した。

ＧＧ二世がエンコする度、ガス欠になる度、ＤＢに乗って、基地へ帰還しなければならない。実は、三輪車しか、乗りこなせない彼にとって、これは、拷問なのであった。

「マッテマセ二号」でバイクで出撃できるではないか？　それはいい質問だ。

そう。影の猛練習で、乗ることは出来る。しかし、エンジンを吹かした後、少し加速すると、両足をつき、バランスを取っていたのである。時速十キロ。彼の限界である。

パトロールに出かけても、大阪市内を疾走するママチャリには、思い切り抜かれる。

大阪のおばはんは、甘くない。前かごと、後部荷台にこどもを乗せた違法オバハンにも勝てない。「マッテマセ」の出動命令は彼にとって、拷問に等しいのだ。

「これではいかん。オールマイテイの名がすたる！」ヌレギヌ隊員は決意したのだ。

ミオギノ整備士特製の補助輪をつけた、「ＤＢヌレギヌスペシャル」に跨り、「血へど」吐く特訓が始まったのであった。

ミオギノ「バランス感覚が甘いんじゃー。何をやっとる！クソボケ　カース」

「ガッシャーンン」「テテテテテ」「腰なんだよ！腰。踏み込み不足だあああ」

時には夜半まで、猛練習が繰り返された。「行けえ。補助輪に頼るなあ」

ハンガーで一服のキズナ隊長。ヌーボーっとタバコを燻らしている。

泥まみれのヌレギヌ隊員を眺めて、「何やってるの？彼」整備員「自転車特訓です」

「ほー。」「で？どうして」整備員一同「ヌレギヌさんはＤＢに乗れないんです。」

キズナ「練習熱心だねえ。オレも二輪は怖いよ。三輪車で、走ればいいんじゃない。」

ドリフターバイク・ヌレギヌスペシャルは、補助輪付きでなら、かなりのスピードが出せるようになった。「疾走する三輪車対大阪おばはんママチャリ」の対決はいい勝負だ。

キズナ「すごいじゃない。クルマなんて動きゃいいいんだよ。」

整備班「隊長！それではヌレギヌさんのプライドが許さないんですう。」

キズナ「ああ、そう・・・がんばってねー。」ハンガーでの特訓は続く。

ひみつの大阪防衛隊

大怪獣をぶっとばすクラブマンの活躍。サルガゾーラを燃やすサナダホーク。

「腐臭海」の恐怖に敢然と立ち向かう、ＯＤＦ。「首府大阪」の防衛は彼らにとって、職務でもあり、崇高な使命でもある。「今、この時を、義の誠心で、立ち向かう」防衛組織だ。

隊員たちは、天才科学者タテジマ博士が、日本中から集めた精鋭揃いなのだが、ＯＤＦの派手な活躍の陰で、憂慮されている問題がある。それは人材不足と「高齢化」である。

タテジマ博士は六十代後半であり、白髪頭とあごヒゲがトレードマークである。

首府防衛のサナダ・ホークを操縦する、アラシヤマ隊員は、ＯＤＦきっての体力と射撃技術を誇るが、歳は三十代である。上司である、陽炎副隊長の美貌、天才ぶりは、首府庁舎はおろか、防衛軍にも多数のファンを獲得するほど、有名であるが、歳は三十代後半である。キズナ隊長は、五十路を迎え、ぎっくり腰、腰痛などを抱え、最近は隊長席に沈む姿が多く、チェーン・スモーカーは健康面で一番危惧される点だ。

シマ保全長は、整備の技術は天才的だが、定年まじかである。ミオギノ整備士始め、整備スタッフは大方が三十、四十代ベテラン揃いだが、若手の精鋭が不足している。

この物語の主人公、ホリー隊員も旧東京海軍のキャリアを併せ、若手とは言え、歳は三十を越えた。ＤＢヌレギヌスペシャルで特訓中のヌレギヌ隊員も三十代である。

オカ通信隊員もキャリアは長く、三十路を超え、作戦室で輝く、二十代は、才媛・ローラ・ミホ隊員だけなのである。よく、最近のテレビ・ドラマで活躍するヒーロー、ヒロインは、チャキチャキの十代であり、テイーン・ルックの輝きが売りだが、ここ、日本の最期の防衛隊には、その明るい青春の爆発は無い。

三十路、四十路のある種、鬱積した特殊な青春が、怪獣災害に対して爆発する部隊なのである。これは、先の東京決戦で、将来を担う、防衛軍の若手が、多数戦死したのも、一因となっている。この終末の時代、知識も技術も兼ね備えた精鋭は、もうほとんどいないのだ。生き残る者で、戦えるところまで戦うしかない状況なのだ。

もし、天才科学者タテジマ博士が倒れたら、キズナ隊長が病に伏せると、ODFはもはや立ち行かなくなるだろう。「もう、後がない」補充の効かない、ギリギリ防衛隊なのだ。「病気持ち」である点は決定的に明るいティーンの青春ドラマと異なる。アラシヤマ隊員は痛風と水虫持ちであり、タテジマ博士は老眼で、ヌレギヌ隊員は栄養失調気味だ。ホリー隊員も筋肉痛と戦い、シップだらけのホリーと呼ばれる。美しすぎる陽炎副隊長も腎臓が悪く、余り無理の出来ない体だ。「病院情報とくすりの話題」が作戦室で人気となるのはODFだけである。「どこの病院が良い?どのくすりが効くか?」隊員生命を左右するキーワードである。

そんな隊の中、輝く二十代をひとり謳歌するローラ隊員。ストレス解消は「買い物」であるが、実は自分が最近、ストレスからか、大食いに走るクセがついてしまった。「ちょっと、お腹すいたの。私。」このセリフが出ると、みんなが驚愕するのだ。

大阪局地防衛戦闘部隊　ひみつの集い

日頃、「怪獣対策」「腐臭海対策」に追われて、忙しいODFであるが、アフターファイブに、ストレス解消を兼ねて、結成された大阪防衛隊有志の合唱クラブが存在する。

大阪城公園で、疲れたキズナ隊長が、ヌボーっっとベンチに座り、夕焼けに向かって独り「防衛隊数え歌」をブツクサ謡っているのを、通りかかった、真帆隊員が耳にして、その渋さに感動したのが、きっかけである。ODFのカラオケ好きを中心に、三十路、四十路の「キズナゴロウとゴールデンクーラーボックス」と謂うひみつの歌謡グループが結成されたのである。「有志」の集まりでもあるし、リード・ボーカルの隊長が、「元気」でないと、決して、活動しない、否、出来ないグループなのだ。グループは大阪城基地の地下奥の、「整備班の更衣室兼休憩所」の中で、しこしこと、グループ歌謡のウデを磨いている。

「キズナゴロウとゴールデン・クーラー・ボックス」概要
リード・ボーカル・キズナ隊長　しぶいテノール　演歌が得意。
ドユエット・ボーカル　陽炎ミサト副隊長　明るいポップが得意。
バック・コーラス「シュワッピーードユウウワアアア。ドウウアア」の繰り返し。
ホリー隊員、ヌレギヌ隊員　ほとんど、音感が無い二人だが、猛練習で「ドユウウアア」の繰り返しだけは、出来るようになった。二人ともカラオケは大好き。
タンバリン　ミオギノ隊員　リズム感　カラオケ大好き。
トライアングル　アラシヤマ隊員　全くの音痴。「チーン」と「休み」で鳴らすだけ。
カスタネット　真帆隊員　全くの音痴　才媛の新たなる一面。鳴りっぱなし。

以上がレギュラーメンバーであるが、整備班のメンバーが逐次入れ替る。

まともに、メロデイーラインが謡えるのは、隊長と副隊長だけなのだ。

他のメンバーは廻りで騒ぐだけ。


それでは「ゴールデン・クーラーボックス」に一発謡っていただきましょう。

「大阪局地防衛隊　数え歌」

♪「シュワッツピードユウワアーア　シュワッピドユウワアアアア　繰り返し」

キズナ
「今日はあ、夜勤でえ、そのままあ待機。一筋眉間にしーわーが寄るうう。」

「明日はあー　会議でえ　また帰れえなーい。」「ワワワワー」繰り返し。

「たばこをにぎーる　うでも　しびれえてくるーよー。」「しびれてくるよおお」

「ああ、ここはあ、心斎橋い。大阪一番地いいー。」「ワワワー。」「ワワワワー」

「大阪局地防衛隊　秘密の♪かぞえ歌」

「ワワワワー。ワワワワー」ホリー、ヌレギヌ繰り返し。

「チーン。」トライアングルを無造作に鳴らすアラシヤマ隊員。

「カタッ、カッチ、カッチ」不定期なローラのカスタネット。

二番　キズナ

「ワワワー。シュワッピシュワッピドユウユウワアアー」コーラス繰り返し。

「怪獣出現　緊急出動うう。上へ下への大騒ぎーいい」

「二日も現場に張り付いてえ、あげくの果てに逃げられたあ。」「逃げられたー」繰り返し。

「鏡を見ればあー。増えるシワあ。どうしてオレだけええ」「オレダケエ」繰り返し。

「ワワワー。」

「ああーここは、関空。大阪番外地いいー」「ワワワワー」「ワワワー」繰り返し。


「シュワッピドユウアア、シユワッピドオユウワ、ワワワワー」コーラス繰り返し。

♪三番　キズナ
「大阪以外へえ　誤認出撃いい　右も左も判らないいいー。」「わからないー」繰り返し。

「明日は首府庁舎で、つるしーあーげええ。たまらないいいー。」

「防衛官僚う　ハナクソ扱いいい　白髪が増えるうう。」

「ああー、ここは大正。大阪賛蛮地いいー。」「ワワワー。ワワワワー。」コーラス。

「チーン」嘆きのトライアングル。

「カチカチカチ」　乱れるカスタネット。

「大阪防衛隊フェニックス・バトル・ラブ」歌・陽炎ミサト。

♪「O・エス・A・ケー・A・ラブ・大阪。Oー、S、A、K、Aーラブラブ大阪。」

「立ち上がるのよー。今、遠くはなあれて、地球にひとおりい。」

「次元断層怪獣出現。炎の街に、とどろく叫びに、ODFの出動よー。」ファイト！

「大阪守る使命を帯びて、サナダホークで戦い挑むうー。」

「フェニックス・バトルルー。フェニックス・ラブー」

「フェニックスバトルルルルー。フエニックスラブーラブラブラブラブイモーション。」

「Oエス・A・ケー・A・ラブ！オオサカーバトルルルーフェニックスラブーウ。」

この「フェニックス・バトル・ラブ・オオサカ」を歌う陽炎副隊長は、ほぼ独唱で、マイク独り占めで、熱唱する。

普段の冷静沈着な副隊長とは全く別の、「ファイヤー・ミサト」の姿に皆、驚く。

以上、ひみつの大阪防衛隊「ゴールデン・クーラー・ボックス」の皆さんでした。

GG二世遥かなる旅立ち

「腐臭海」はじりじりと近畿にも迫ってきている。最近の大阪湾の異変、「大怪獣出現」にも見られるように、海の汚染は着実に進行しているのだ。「サルガゾーラ」、「ドツボダス」などの「腐臭海の脅威」を水際で防ごうと、ODFでも、湾岸のパトロール強化策が計られている。「サバイバル」失きあとの新指揮車「ギャラクシー・グットラック二世」が遂に出動することになったのだ。

作戦室　キズナ隊長
「紀伊方面から、ガイダスの被害情報が増えている。いつ、大阪に北上されるか、解からん。南部の海岸線をパトロールに行ってもらいたい。ヌレギヌ、ホリー頼んだよ。」

ヌレギヌ隊員、ホリー隊員
「了解。大阪南部の海岸線をパトロールに出発いたします。」敬礼。

サナダ・ヘルメットを抱えて作戦室を出て行く。

二人は地下ハンガーへ。特殊作業車保全庫の奥へ・・。

「GG二世」の「ブロロロロ」吹き上がり音は快調だ。

ミオギノ整備士「いよー。ヌレギヌちゃーん。ついに来たねえ。この日が。」

ヌレギヌ「やります。オールマイテイ・ヌレギヌはやりますよお。」

ホリー隊員は「大丈夫かなあ。燃費が心配だな。」

ヌレギヌ　左シートにすべりこむ。中は八人乗りだけあって広大なシートだ。

ホリー「・・うう。広い」「ブロロローン「ブロロローン」アメリカサウンドが凄い。

「これでは、騒くて、会話が聞こえませんよ。ヌレギヌさん。」ホリー隊員は心配だ。

ヌレギヌ「すぐ、慣れるよ・・では、GG二世、只今より、大阪南部へ発進します。」

「ブロロロオオーン」「ブロロロロロオーン」そのブルーメタリックに輝くばかデカイ図体を、
整備班全員が見送る。

「やったぜ。ヌレギヌさん。生きて還ってねえええええ。」

大阪城基地横のデイフェンス・ゲートが展開していく。
「ブロロロローン。ブロロローン。スポッ。スポッ。プシュン。」・・沈黙
ゲート出口で、GG二世は、止まってしまった。驚愕のメンテ・スタッフ
ホリー「ぎゃあああああ。止まったあ。」基地を出れない指揮車なんて前代未聞だ。
ヌレギヌ「何の、これしき。GG二世、エンジンスタート！」
「ドルドルドルルルルルウウウ。プスン、プスン、」整備班が皆押しがけを手伝う。
「ブロロロオン、ブロロロオン」「やった。再始動成功。」「バンザーイ」
大阪城発進ゲートをようやく出発していく「新指揮車」。「バンサーイ、バンザーイ」
GG二世は、やっと「エンジン」が始動しただけなのだ。前途多難だ。
「どこまで、たどり着けるのか？」はなはだ不安なホリー隊員である。

テキサス・サウンド不発

「大阪城基地」を発進した、指揮車「GG二世」は、「ブロロロロー」と豪快なエンジンサウンドを奏でつつ、湾岸方面へ「時速四十」で、走っている。「ドロロロー」「ブロロー」

ホリー「何か、ちっともスピード出てませんが・・」市街地を豪快に他の車に抜かれていく。ヌレギヌ隊員は緊張ぎみだ。「特装車とはいえ、旧世界の代物だからな・・」

装備も「無線」のみで、武器らしい武器は無い。来客送迎車のようでもある。

「そろそろと、アクセル踏み込まないようにしないと、目的地までにガス欠だ。」

近未来のサイバーシテイ。「首府大阪」を走る車は、超ハイテックだ。燃料も、電気や水素がメインの車種が多く、ナビで、目的地さえ設定すれば、ハンドルさえ握らなくても、滑るように到着してしまう。

「ドロロロオオン、ブロロロローー」テキサスの暴れん坊はやっと南港エリアに到着。

「天保山あたりから、南港エリア」をひとめぐりする「GG二世」。大型のフェリーや客船が係留されている。海は静かで、見た目には、特に異変が起こっている様子は無い。

「特に、異常はありませんねえ。平和なもんです。」ホリー。シートでくつろぐ。

ヌレギヌ「こちら、ヌレギヌ。現在、天保山あたりですが、特に異常はありません。」

作戦室
オカ「了解。パトロール継続されますか。」

ヌレギヌ「エンジンの調子見ながら、安全運転で南部へ向かいます。」

オカ「了解。」

それから、GG二世は、泉大津、、岸和田、貝塚、関空と大阪南部へそろりそろりと走って行く。「ドルルルルー。」燃費を気にしつつ、ヌレギヌ隊員はアクセルを加減するが、足がつりそうである。

「ドルルル、ドルルルー、プスン、プスン、スカッ。」

湾岸未来道を南方へ進撃中、またも、エンジンが止まってしまった。

ホリー「大変だあああ。また、エンコだあああ。」
ＧＧ二世は、路肩左に寄せたところで、テキサス・サウンドは永久停止してしまった。
ヌレギヌ隊員も、「燃料はまだ、大丈夫だが・・エンジンか。」不安な表情。
「どうなっとんじゃ。」フロント・ボンネットを開けてみると、白い煙が・・。
ホリー「シエエエ。どうしましょう。ここは泉南過ぎたあたりですか。」
何回か、エンジンを再スタートさせるが、今度はコトリとも音がしない。
ヌレギヌ「駄目だ。・・本部へ連絡しよう。」
「こちら、特装車です。ＧＧ二世は泉南過ぎて、故障。パトロール継続不可能。」
作戦室
オカ隊員「隊長。ヌレギヌさん。車故障です。」
キズナ「今、どの辺。泉南あたり。ふーん。海岸線を調べてもらえるか。」

謎の紅い漁火

エンコしてしまった「ギャラクシー・グッドラック二世」号。不発のテキサスの暴れん坊を、見限りホリー、ヌレギヌ両隊員は、大阪城基地へ緊急連絡。

ホリー「隊長、ＧＧは駄目です。ドリフターバイクで、戻りますか。」

作戦室

キズナ隊長「悪いけど、そこから、泉南海岸線をDBで調査してもらえるかなー。」
ホリー「何か、事件ですか。」
キズナ「海岸線から、夜間に紅い明滅らしきヒカリの目撃情報が出ているんだ。以前にもあったんだが、見間違いかも知れないが。」
ホリー「了解です。では、ヌレギヌ隊員と共に、ドリフターバイクで、近くの海岸線を調査してみます。」
キズナ「よろしく。DBの走行が無理なら、また連絡してくれ。」
ホリー「了解。」無線を切る。
ヌレギヌ「やはり、目的地まで到着できなかったか。でもしかたがない。」
二人、GGの外へ出て、トランクを開け、DBを取り出す。
「はあー。」ため息がもれるヌレギヌ隊員。ヌレギヌスペシャルは補助輪付の三輪車だ。
ホリー「とりあえず、海岸の方面へ向かいましょう。慌てる必要はないですよ。」
ヌレギヌ「そうだな。」
二人、ドリフター・バイクのサドルに跨ると、対向車線の車に気をつけながら、反対側の海岸線方面をめざし、新たな任務につく。
「シャーシャー」軽快な走りで、海をめざす二人。ヌレギヌ・スペシャル仕様は、補助輪が斜め45度の傾きにしつらえてあり、基本、バランスが取れないと乗れない。
ホリー「大丈夫ですか。ヌレギヌさん。ゆっくり行きましょう。」

ヌレギヌ「特訓で、ほとんど、乗れてたんだ。あとはオレ自身の問題なんだ。」

ペダルを踏み込み、加速するヌレギヌスペシャル。

バランスを崩しそうになっても、ヌレギヌ隊員は足をつこうとはしない。

ハラハラするホリー隊員。ふらついても、何とか、姿勢を制御するヌレギヌ隊員。

とうとう、海岸近くまでやってきてしまった。まだ、太陽は頭上に輝き、塩風は快地良い。堤防まで、ＤＢを押してくる。

ホリー「この辺で、夜、海上に紅い明滅が見られるそうですが・・」

ヌレギヌ「ふむ。見えるか。何か。」ホリー「いや、これといって、別に」

腐臭海が進行してからは、海の色も暗い緑の色に変わってしまったが、まだ、この辺の海は、魚は泳ぎ、かもめもさえずり、漁も可能なまだ、「生きている海」だ。

ホリー「腐臭海とは、しおのニオイが違いますね。全然。生きてる。」

ヌレギヌ「そうさ。大阪の海も、かつてはどこもきれいだったんだ。」

エビダスの影

泉南地域の西のはずれ。海沿いをドリフターバイクで、調査する大阪局地防衛隊。夕暮れが近づき、陽もだいぶ西に傾いてきた。近くに住む漁師さんらの証言では、夜になると、紅い明滅が、沖に見られるときがあるそうだ。

ヌレギヌ「とにかく、夜まで、待ってみよう。」

ホリー「そうですね。ちょっと冷えてきましたねえ。」二人、DBをスタンド代わりにして、近くの浜で座り込み、夜を待つ。昼は心地よく感じた浜風も、夕闇が迫る頃になると、乱暴な横槍のように、二人を攻めてくる。「ひええ、寒い。あの船陰まで退避しよう。」

砂浜に、打ち捨てられた漁船の残骸の陰に退避する。双眼鏡を握る指先もかじかんでくる。ホリー隊員は薪をひろってきて、火をつけようとする。

「ああ、冷える。」「全くです。」「腹減ったなー。」「全くです」紙きれや、布切れを集め、やっと小さな火がついた。と想ったら、突風でかき消されてしまう。

「しええええ。寒い、ひもじい。ホリー、何か紅い点見えるか」震えるヌレギヌ。

「オッ。あれは、何だろうか。」双眼鏡を覗くホリー隊員が叫ぶ。

指差す方向を、目を凝らし、ヌレギヌも凝視する。沖合い二キロぐらいか。

「紅い、確かに、紅い明滅だ。漁火とはちょっと違うぞ。」

紅い明滅が、南から北へ、ゆっくりと、流れているのだ。動いている。

ヌレギヌ「いやな予感がするよ。ホリー隊員。」「そうっすね。あれは生物ですよ。」

浜辺に立ち上がった二人。

大阪城基地へ緊急連絡。サナダ・レシーバー　スイッチ・オン
ヌレギヌ
「こちらヌレギヌです。泉南の海岸線沖合いに謎の紅い明滅を確認。南から北へゆっくり

と移動しています。異生物の疑いあり。」

大阪城地下基地・作戦室
キズナ隊長「よし、わかった。現場で警戒を続けてくれ。」
ヌレギヌ「了解。どうすんですか。隊長。」
キズナ「信濃へ偵察をお願いしてみるよ。」
ヌレギヌ「ああ、夜間偵察の・・」「そうだ。」
キズナ隊長。「フーッ」とため息。
オカ隊員へ。「第二信濃へ。泉南地域海岸線近辺を偵察要請。」
オカ「支援要請ですね。連絡とってみます。」
オカ「こちら、ODFです。第二信濃へ、支援要請。泉南海岸線の偵察を請う。」
第二信濃「どういう用件ですか。」
オカ「泉南海岸線沖合いに紅い明滅を発見。異生物の可能性大。調査お願いします。」

エビダス出現　攻撃命令

泉南沖合いの「謎の紅い明滅」を調査に、第二信濃より飛び立ったのは、「月光部隊」のアマダ隊員機である。依然の調査では「異常なし」で終わったはずであったが、「再調査」

との要請に、渋い表情である。

アマダ「また、紅い明滅か。今日こそ、シロクロはっきりさせてやるぜ」

月光部隊・一番機は、大阪の海岸線を一路、低空飛行で現場へ向かう。

アマダ「こちら、月光・ワン　まもなく、目標地点・・」

第二信濃　レーダー指揮管制室
ヤマシロ隊長「調査のうえ、状況報告せよ。」

アマダ「了解。」低空飛行で、ホバリングして接近してきた一番機。

浜の大阪防衛隊・

ヌレギヌ
「こちら、ＯＤＦ。ほぼ、真下です。何か、見えますか。」

アマダ「紅い明滅だろ・・うーん。ここからは、何とも、うーん・・」

アマダ隊員は唸ってしまった。

「うーん。ちょっと待ってくれ。上昇。」高度を上げる一番機。

「ギュイーン」海域を旋回する「月光」

上昇したアマダ隊員の視界に、海上を漂う巨大な影が目に入ってきた。漆黒の影が波間に垣間見え、息を呑む。

「巨大生物です。全長約五十メートル。明滅は、生物の目です。」

第二信濃

ヤマシロ「生物だと？ 五十メートル。進路は大阪か。」
アマダ機「北北東へ向かっています。影はエビの形に見えます。例の化け物では」
ヤマシロ「よし。一〇四R戦闘機部隊に迎撃させる。一番機は帰路に着け。」
アマダ「了解。カザマツリ隊の攻撃まで、怪獣を見届けます。」
月光部隊・一番機は、「大怪獣」の影を、追尾しつつ、ゆっくりと、大阪方面へ向かう。
ヌレギヌ隊員「隊長。明滅は怪獣でした。おそらく、エビダスではないかと。全長五十メートル。アマダ機が追跡しています。進路、大阪です。」
ホリー隊員「やっぱり、怪獣だったか。」クラブマンとしての、気合を入れる。
大阪城基地
キズナ「F一〇四R攻撃部隊が、そちらに向かう。海岸近辺の住民の避難を誘導せよ。」
ヌレギヌ「了解。退避か。やむをえない。ホリー隊員。怪獣上陸に備えろ」
二人とも、サナダ・ガンをファイヤー・モードにして、身構える。
大阪湾に現れた、紅い明滅は、巨大エビ怪獣の目だったのである。

攻撃開始

「大怪獣ＳＪＴ」に初陣で、辛酸をなめた、カザマツリ隊。「怪獣出現」の報に隊の士気は高揚する。今度は「リベンジ」である。負けるわけにはいかない。

　カザマツリ飛行隊長
「大阪湾を北上する、怪獣を殲滅する。全長五十メートルだ。リベンジだ。」

隊員一同「了解」「ギュイイーン、シュゴゴゴオオー」Ｆ一〇四Ｒ・一番機が飛び立つ。

第二信濃・飛行甲板を攻撃隊が次々と、発艦していく。

飛行隊長「目標は大阪湾を北上中。浅瀬のため、ロケット弾攻撃だ。」
二番機「まもなく、目標地点・・攻撃態勢に入ります。」
アマダ機の報告を基に、攻撃隊は、泉南地域海岸上空を旋回中。
カザマツリ　黒い巨大な影と紅の明滅を発見。「目標発見　攻撃開始」
三番機　海上から旋回しつつ、艦上攻撃。　ミサイル発射！
「シュドッーン、シュドッーン」ついにカザマツリ隊の攻撃が開始された。

戦闘状況を双眼鏡で視認中のヌレギヌ隊員。

「始まったぞ。空爆だ。」

サナダ・ガンファイヤーモードで、警戒するホリー隊員。

「ヒューイ、ズゴバーン。ズゴバーン」炸裂するロケット弾。

　すると、海が盛り上がり、紅黒い壁が浮上してきた。
「キイエエエー」大怪獣エビダスだ。次々と命中するロケット弾。
「キイエエエー」巨大な尻尾で、海をはじくと、衝撃波が。
カザマツリ「目標にロケット弾。命中。攻撃継続。」
各機。「了解。」
　低空から、急上昇し、今度は急降下。F一〇四・Rの艦上攻撃が続く。

ホリー隊員
「かなり、ミサイル弾、直撃してますねえ。」
ヌレギヌ「でも、あんましこたえていない。奴は元気だ。」
　エビダスは、海面すれすれを、頭を浮上させたり、沈めながら、進路を変えた。
ヌレギヌ「ゲゲゲ。奴はこっちに方向を変えたぞ。」
ホリー「やばいです。とりあえず、逃げましょう。」
　二人は、ドリフターバイクに跨ると、街の方向へ走り出す。
「助けてええ。」近くの漁民らも、慌てて逃げ出す。

逃走、迷走

突如、進路変更して、泉南に上陸しようと、海岸に接近するエビダス。ODFの二人も、漁民の退避を手伝いつつ、ドリフター・バイクのペダルを踏む。

ヌレギヌ「ゲゲヨ。エビダスはこっちに進路を変えたぞ。後退だー。」

泉南沖合いに、巨大なエビ姿を披露した大怪獣。「ギイエエーイ」両腕のハサミをふりまわしつつ、F一〇四R攻撃隊のロケット弾に耐えている。明滅する紅の目。

ホリー「テテテテーヘンデス。退避しませう。大至急」腐臭海の怪物に驚愕。

「ショワッ。タアアアアー」ドリフター・バイクのペダルを必死で踏み込む。

進路変更したエビダスの尻尾により、巨大な津波が発生。

十メートルを超える巨大な海壁が、湾岸を襲う。

「えらいこっちゃ、えらいこっちゃ、えらいこっちゃ津波が来るぞー。」

逃げまどう人々。

ヌレギヌ隊員も、ドリフターバイクのペダルを必死で踏みこむ。

「ドアアアア。津波だあああ。えらいこっちゃあああああ。」

フラフラと酔っ払いの運転のごとくふらついていたDB。

最後尾を行くヌレギヌ隊員は、生きた心地がしない。

「ギエエエーイ」エビダスの紅黒い巨体も、後方に近づいてくる。

「駄目だ。このままじゃ。」

ヌレギヌ隊員は、ＤＢの乗車姿勢を、今一度改める。「最期の勝負だ、特訓を想い出せ」

深呼吸を二度、三度。紅潮する頬。

「さあ、行くぞ。ヌレギヌ・スペシャル。おまえは鳥になるのだ。」

気合一発。「オリャアアアアア。加速装置イイイイ」全力発進だ！

「トオリャアアアアア。二段加速ウウウウウ。」直進しだした三輪車。「凄いぞ」

遂に、スピードに乗った。ヌレギヌスペシャルは、補助輪無しで、カッ飛んでいく。

ヌレギヌ隊員の安否を気にして、途中で待っていたホリー隊員。
「疾風」のごとく、駆け抜けていくヌレギヌ・スペシャルの姿に驚愕。「オオオオオ」
これで、最後尾はホリー隊員になった。
津波が迫る。危険だ。
ホリー隊員はクラブマンへの覚醒変身の覚悟を決めた。「やらねば、やられる。」
全身のパワーを集中し、精神統一。しゃがみこむホリー隊員。黄金のスパークが・・
「クラブウー　アタッーック。」まばゆい光の輪に包まれていく。
光の中で、「クラブーウウ　ダブルルーウウ　チェーンジイイイイ」スパーク炸裂。
まばゆい黄金光を真っ二つに裂きながら、クラブマンは巨大化して二段変身だ。

「トオオオウリャアアアー」エビダスの津波に対して、身を呈すクラブマンG。

激突　エビダス対クラブマンG

「トウウリャアアア」津波となった、エビダスの衝撃波を受け止める為に敢然と立ち向かう、我らがクラブマンジャイアント。海岸に今にも届く水柱を精神感応で弾き返す。

「ザババババババアアアアーン」エビダスめがけ打ち寄せる大津波。

上空を飛行中のカザマツリ飛行隊。「凄いぞ。津波を弾き返した。」

そのまま、海岸上陸目前で、エビダスめがけ、クラブマンGはジェットチョップで攻め立てる。「トオウリャアアア」「ギェエエーイイ」大ハサミで威嚇するエビダス。

右から、左からジェット・チョップがエビダスの顔面に炸裂！「ギエイイイー」

エビダスは大ハサミで、クラブマンGを挟み込もうと狙っている。

今度はスナイパアキックだ！エビダスめがけ、クラブマン強烈な回し蹴り。

波間にもんどりうって沈むエビダス。「ギエエーーイ」

戦況はクラブマン有利だ。


ヌレギヌ・スペシャルで奇跡の脱出に成功したヌレギヌ隊員。

「ホリー、ありがとう。助かった。」双眼鏡を取り出し、戦況を監視。

サナダ・レシーバーで緊急連絡。

大阪城作戦室
キズナ「おお、ヌレギヌか。大丈夫か?どうだ。戦況は?」
ヌレギヌ「現在、泉南海岸でエビダスとクラブマンが激突しています。一〇四R飛行隊も警戒継続中。」
「ホリー、変身したの?」「はい。津波から我々を救うために。」
キズナ「そうか。とにかく、攻撃はカザマツリ隊に任せろ。ホリー隊員の収容次第、救助信号を鳴らせ。信濃より、ジェットヘリで救助に向かう。余り無理をするなよ。」
ヌレギヌ「了解。クラブマンの戦いを見届けます。」
ドリフター・バイクを捨てて、再び、海岸方向へ歩き出すヌレギヌ隊員。

エビダスをぶっとばし、海岸に仁王立ちのクラブマン・G。

エビダスは海の中に、一瞬消えた。海面に大量の泡ブク。警戒するクラブマンG。ところが、今度は反対に沖方向から「白い航跡」が現れ、こちらに接近してくる。

双眼鏡を覗くヌレギヌ隊員。

「何か。あれは。白い航跡が・・近づいてくるぞ!」

「ドドドドーザザザババババアアアー」盛り上がる海面。

「ギャアアオーーラアア」波間から「ガイダス」の怖ろしい顔が出現。

同時にエビダスも両はさみを振りかざし、浮上。大怪獣に挟撃されるクラブマン。

大阪沈没！ガイダス上陸

突如として、泉南海岸沖に現れた、白い航跡は大怪獣「ガイダス」の跡であった。

緑黒色の皮膚、耳まで裂けた口、醜悪な目。一目で「やばい」とクラブマンGも、立ちすくむ不気味さである。ガイダスは、エビダスを追って来たのだ。

両大ハサミで威嚇するエビダス。上半身を海上に浮上させ、クロールでこちらに接近してくるガイダス。ちょうど、間に入る形で挟撃されるクラブマン・ジャイアント。

「エビダス」か！「ガイダス」か！戦闘ポーズで、クロス・シュート発射の構えのまま迷う様子のクラブマン。ガイダスに気をとられていて、背後からエビダスの大ハサミで、背中を殴られる。「ドアッ。」もんどりうって、海に跳ぶクラブマンG。

波間から、立ち上がるクラブマンG。

接近してきたガイダスとがちんこで、激突。「トウリャアア」「ギャオオーラアア」。炸裂する蟹パンチ。右から、左からガイダスの顔面をとらえる。ネックブリーカーをかませ、お互い背中から、海面に激突。「ギャオオオーラアア」ガイダスは、ひるまない。

そのまま、ガイダスは、エビダスへ一直線。エビダスを狙っている。

「キイエエーイ」「ギャオオオーラアアア」巨大はさみでガイダスの頭を殴りつけるエビダス。ガイダスはラグビーのタックルのごとく、エビダスに喰らいつくと放れない。

そのまま、波間に展開される、大怪獣の激突。


一方、波間にしゃがみこむクラブマンG。エネルギー切れが近い。巨体を維持出来ずに元のホリー隊員に戻ってしまう。そのまま、ホリー隊員は陸をめざし、泳ぎ始めた。

「やばい。やばい。クラブマンのエネルギーも切れた。ホリー隊員を収容しないと。」

ヌレギヌ隊員は、浜辺に向かって走り出す。

「急げホリー隊員。このままじゃあ、危ない。」

警戒していた一〇四R戦闘機部隊。

「ガイダスとエビダスに向けて、総攻撃だ。フォーメーションD」

カザマツリ飛行隊長
「怪獣の上陸を何としても阻止するのだ。急降下爆撃。」

各機「了解。」上昇していく、F一〇四R。

怪獣直上から、爆弾を、ガイダス、エビダスめがけ連続発射！

「ヒューーイ。ヒューーイ。」「ズバババーン。ドゴゴーン」爆弾炸裂。

爆煙と炎が二大怪獣を包んでいく。「ギャーオオオーラアア」「ギュイエエーー」

エビダスの左大はさみを食いちぎるガイダス。「ギャウオオーラアア」

もんどりうって、波間に沈んでいくエビダス。大暴れのガイダス。

大阪防衛指令〇〇九号

大阪湾泉南海岸で展開される、大怪獣エビダス対ガイダスの闘い。上陸を阻止せんと敢然と急降下爆撃作戦を展開せんとする、大阪防衛艦隊・カザマツリ飛行隊。

「ギャオオーラアア」ガイダスはエビダスの左ハサミを食いちぎり得意満面だ。

「ギュイエエーイイ」もんどりうって、波間に沈んでいくエビダス。

エビダスのハサミを咥えたまま、浜の方向へ上陸を開始するガイダス。

「総攻撃開始！」Ｆ一〇四Ｒ戦闘機隊による急降下爆撃が開始された。「ヒューイ」

「ズドドドオオン」「ゴバアアーン」ガイダスめがけ、爆弾の雨だ。炸裂する爆弾。

何発かは、直撃のはずだが、ガイダスは平気の面で、堂々と波を掻き分け上陸してくる。

先に、浜に泳ぎ着いたホリー隊員。よれよれの態で、ヌレギヌ隊員と再会。
ヌレギヌ「いやあ。無事で良かった。良かった。」
ホリー「えらいことになりました。ガイダスは、例のＢデス細胞の怪獣ですよ。」

ヌレギヌ「隊長から、帰還命令が出た。信濃からヘリがこちらに向かっているよ。」

ホリー「このまま、上陸されたら・・市民が危ない。奴は人を喰らいますよ。」

ヌレギヌ「人相悪いからなあ。ガイダスは・・」

二人は、難破漁船の残骸の陰に身を隠す。

夜の泉南海岸に上陸した、ガイダスは醜悪な顔で、空を飛び交うカザマツリ隊を威嚇する。両手を揚げて、「ギャオオーラアア」と戦闘機を叩き落すつもりなのか。

旋回する飛行隊。「大阪防衛指令・○○九号」が首府より発令された。「怪獣殲滅命令」

飛行隊長「ううむ。何て奴だ・・直撃弾食らっても平気なんて・・」無念の様子。

三番機　ノマ飛行士「隊長、攻撃を続けましょう。」

カザマツリ「無論だ。機銃掃射による水平攻撃で、びびラセテやれ！」

今度は、ガイダス正面から、次々と「機関砲」で、攻撃。「ズダダダダ、ズダダダン」

「ギャオオオーラアアア」

F一○四Rの機銃掃射を、次々に浴びせられるガイダス。天に向かって彷徨。威嚇。

弾は確かに、ガイダスに命中しているが、ほとんど効果は認められない。

「ギャアアオオーララアア」暴れながら、進路を北に向けるガイダス。

浜辺で、警戒するホリー、ヌレギヌ「ウソだろっ。スゲエ奴だ。機銃掃射でも、何ともないぞ。ガイダスは北上するつもりのようだ。大阪が危ない。」

第二信濃から救助にやってきたジェット・ヘリ。現場に近づく。

シガナイ航空兵装。「ホリー、ヌレギヌ隊員。感度ありますか。こちら、救助隊。シガナイです。どうぞ。」
ヌレギヌ「ODFのヌレギヌです。救助感謝いたします。今、浜に居ます。」
シガナイ「ヘリで、只今から着陸します。そのまま待機してください。」

殲滅不可能

ついに、夜半の大阪、泉南地区に上陸した大怪獣「ガイダス」。迎撃する「カザマツリ飛行隊」からは、逐一、「戦闘詳細情報」が防衛艦隊・帰艦「空母・第二信濃」へ報告されていた。
第二戦闘艦橋　レーダー指揮所
通信士A「カザマツリ隊、カザマツリ隊。大阪防衛指令〇〇九号発令。戦闘状況詳細を知らせ。」
ガイダスを、攻撃中の飛行隊。
カザマツリ
「こちら、ガイダスと交戦中。敵は、爆弾、機銃の直撃をかなり受けた模様なるも、上陸を阻止できず。進路は現在、北北西。大阪首府へ向かいつつあり。」
通信士A「了解。艦長。カザマツリ隊より、緊急信。殲滅不可能とのことであります。」

オキムラ艦長「ううむ。凄いやつだ。これ以上の攻撃も、無駄足か。」
イカルガ副長「わが、一〇四Rの精鋭部隊の攻撃が効果が無いとすると・・」と沈黙。
オキムラ「とにかく、警戒は続けなければならん。」
イカルガ「月光部隊が、既に、哨戒任務に就いています。二番機と三番機です。」
オキムラ「頼む・・うむ。レーダー士、ODFにもガイダス戦の詳細を連絡せよ。」
通信士A「了解。こちら、第二信濃。大阪局地防衛隊、大阪城基地応答せよ・・」

緊急警報が鳴り響く大阪城地下基地。
作戦室　エレベーターから降り立つ、陽炎副隊長。そそくさと中へ。
キズナ「いや、お休みのところ申し訳ない。」
陽炎「泉南に、怪獣が上陸したとのことですね。」円卓のパソコン席に着席。
アラシヤマ「ホリー、ヌレギヌがパトロール中に、泉南海岸にエビダスとガイダスが出現。クラブマンの活躍で、今はガイダス一体が、活動中です。」
陽炎「ホリーさんは無事なの?」ローラ隊員「ヌレギヌさん共、防衛海軍のヘリに収容されました。」
キズナ「まあ、そういう理由で、ガイダスを何とかしないといけない。」
陽炎「進路は?」「こっちに向かっているそうだ。」
キズナ「ヌレギヌらと連絡取れる?」オカ通信隊員「しばらく、お待ちください。」

キズナ　隊長席で、パンパンと頭をはたく。「ふー。どうしたもんだかなー」
アラシヤマ「決まってます。蜂の巣ですね。隊長」痛風足を引きずりながら。
オカ隊員「ヘリと連絡取れました。ヌレギヌさんです。」
ヌレギヌ「隊長。ガイダスは泉南地区に上陸しました。首府が危険です。」
キズナ「うん。まあ、二人とも無事で良かったよ。」

怪獣防衛作戦

一歩、一歩、大阪へ近づく、大怪獣「ガイダス」両肩をいからせつつ、夜半の泉南市街を徘徊する。「ギャオオーラアア」彷徨と凶悪な顔に、街の人々も散りじりに逃げまどう。

「助けてえー」逃げる人々を、醜悪な眼で追いかけるガイダス。

市街では、Ｆ一〇四Ｒ戦闘機部隊も、ガイダスめがけ容易に空爆できない。避難者に巻き添えが出ては何にもならないからだ。

カザマツリ
「我が、部隊の攻撃は終了する。哨戒は月光部隊に任せ、信濃へ帰艦せよ。」

ガイダス戦に、敢闘した「カザマツリ隊」は、第二信濃へ帰艦していく。

ジェット・ヘリ内
ヌレギヌ隊員　救助されたホリー隊員とともに。サナダ・レシーバで交信。
「隊長、奴は、例のＢデス細胞の怪物です・・ロケット砲にも、機銃掃射にも・・まったくコタエません。性格は極めて凶暴です。」
ホリー「ボクの蟹パンチも、あんまし効き目なかったです。」

大阪城基地作戦室　たばこの煙とともに、隊長席に沈むキズナ隊長。
「ふー。」くわえっぱなしのたばこを、灰皿に押し付けてもみ消す。
「そうだな。ガイダスには、機銃も、ロケット弾も効果なしか・・」頭をパンパン。
心配そうなローラ隊員　血が騒ぐアラシヤマ隊員。
そこへ、警報を聞きつけた、タテジマ博士。カルテを抱えて作戦室へ・・
陽炎「博士、ガイダスと呼称される、Bデス41細胞から発生した怪物が現れました。」
タテジマ博士　ローラ隊員に、資料の指示をしながら・・
「Bデス四一ですか・・ユメシマダ君の研究だな。対サルガゾーラ戦の。」
キズナ「何か、妙案ございますか。」
タテジマ「Bデスは、人間を襲うサルガゾーラを逆に喰らいますからな・・」
キズナ「大阪湾温泉はかなりの効果があったんですか?」
タテジマ「富栄養化でここまで、巨大化したのでしょう。フラッシュで叩いてみては」
陽炎「サナダ・フラッシュ・ミサイル」ですか?
タテジマ「サナダ・ビーム」で、焼いてやるのも効果的だと想うが、市街に多大の被害が出るだろうし。フラッシュなら、命中さえすれば、後は、体内に、時限爆弾抱えるのと同じだからねえー。生体組織がおそらく腐ってくるだろうね。」
キズナ、陽炎「なるほど・・」アラシヤマ「隊長、出動しましょう。」元気一杯。
キズナ「ふーむ。一発勝負に賭けるしかないか・・」

キズナ「アラシヤマ隊員、理解ってると想うが、フラッシュは総数六で終了だ。」

サナダ・ホーク　出動命令

「大怪獣ガイダス、大阪泉南に上陸。なお、北上中。」緊急警報の鳴る中、出動準備に慌しい大阪城基地。地下メンテ・ベースでは「局地防衛戦闘機・サナダホーク」にタテジマ博士の開発した新兵器「サナダフラッシュ」ミサイルの装備準備が進んでいた。

ミオギノ整備士「只今より、決戦だあー。けっぱれえー。」整備班らに、号令が飛ぶ。

シマ保全長　装填される、たった一発の「フラッシュ・ミサイル」を眺める。

「いよいよ、こいつのお手並み拝見と謂うわけだな。」

ミオギノ　走り回るスタッフを眺めながら・・

「本当に、一発だけでいいんですか。予備も積んどいた方がいいんじゃ・・」

シマ「隊長から、一発でいいと了承があった。余計な気をまわすな」

ミオギノ「了解。アラシヤマさん。がんばってください。」サナダホークを眺める。

巨大三角翼に灯が入った、夜間出動待機のサナダ・ホーク。

作戦室
元気一杯に、出動待機のアラシヤマ隊員。「みとれよ。怪獣。サナダフラッシュを叩き込んでやるぜ。」ぐっと拳を握り、気合を入れる。
隊長席に沈んだままのキズナ隊長
「わかっとると想うが、アラシヤマ。今回の出撃で可能なフラッシュミサイルは、只の1発だ。」
アラシヤマ　敬礼しつつ、「無論であります。貴重な一発、しびれる光栄であります。」
キズナ「肩の力を抜いていけ・・」
アラシヤマ「ガイダスに対し、一発勝負を挑みます。サナダ・ホーク出撃します！」
陽炎副隊長　にっこり微笑む。
キズナ「よろしくねー。」ヘルメットを抱え、出て行くアラシヤマ。
見送るローラ隊員、タテジマ博士。
ローラ「一発だけなんですか。ミサイル？」
キズナ「大阪局地防衛隊のウデの見せ所だ。外せば、大阪は火の海だ・・」
ローラ「ヒーイイ」悲鳴。タテジマ「一発勝負ですなー」

「フォース・ゲート・オープン　スタンディング・バイ　サナダ・ホーク」

遂に、発進カタパルトに移動が始まった。

アラシヤマ「発進待機中。各電源、操作機器異常なし。」

大大阪城の天守が、左右に展開開始。「ドグワッアアン」　シューシュー夜間航行灯を点灯した、サナダ・ホークはカタパルトを上昇していく。

一発勝負

発進カタパルトを上昇していく、局地防衛戦闘機サナダ・ホーク。

見送るメンテスタッフ。「がんばれよー」帽子を打ち振る。

コックピットで、精神統一のアラシヤマ隊員。「フー」ため息。

「サナダホーク　発進準備完了しました。」

作戦室
陽炎副隊長「サナダホーク　発進せよ！」
アラシヤマ「了解。発進！」操縦桿を引く。「ヒューイイイイン」
「ズドドドドー」イオンロケット噴射で、発進するホーク。
大阪城上空へ上昇していく・・。
ローラ隊員「サナダホーク発進しました。」
陽炎「ガイダスは今、どの辺かしら・・」
オカ隊員「まだ、南部地帯をうろうろしている様です。」

ヘリで、大阪城へ帰還した、ホリー隊員とヌレギヌ隊員が、入れ違いに帰ってきた。
ヌレギヌ「只今、帰りました。えらいことになりました・・」
陽炎「ご苦労様。ホリーさんも、ご苦労様。無事で何より・・」
そのまま、隊長に敬礼、報告の二人。
キズナ「ご苦労。二人とも、体調は大丈夫?」
ヌレギヌ「大丈夫です。まだまだ、気力充実しています。」ヌレギヌ・スペシャルで、三輪を卒業出来た為か、心は清清しい。
キズナ「ガイダス戦で、何か気がついたことはないか?」
ホリー「奴はまさに、肉食系です。人を喰らう。それに・・」
キズナ「何か。」「F一〇四Rが、夜間攻撃のために、照明弾を落としたんですが・・」
「ふむ・・照明弾を」「はい。ガイダスは明るくなると、ギャオーと顔を覆って苦しんでました ね。」
キズナ「なるほど。奴は夜行性だな。」
タテジマ博士「元々、深海の光の無い所に居た細胞ですからなあ。Bデス細胞は。」
ヌレギヌ「と謂うことは、昼間にガイダスを、攻撃すればいいんじゃないんですか。」
タテジマ「いや、生物の本能で、夜しか姿を現さないんじゃないかな。お腹がいっぱいになったら、海に還ると想うよ。」
キズナ「なるほど。夜しか姿を現さないか・・」パンパン頭を叩く。

キズナ「アラシヤマが上手く当ててくれたら、何とかなるんだが・・」
ホリー「どうすんですか？」「フラッシュミサイル一発に賭けるしかない。」

サナダ・ホーク　攻撃開始

大阪上空を一路、泉南方面へ飛行中のサナダ・ホーク。対ガイダス戦の切り札たるサナダフラッシュミサイルの装填数は、只の1発である。「生体破壊ミサイル」の威力は、計り知れないモノがあるが、総生産数六発の内の1発である。貴重な一発、ミスは許されない。

大阪城基地を飛び立ったアラシヤマ隊員
ずーっと、コックピットで、黙り込んだまま、操縦桿を握り締める。

「フラッシュを外すわけには、いかないんだ・・」

攻撃方法を頭で反芻するが、どうにも、緊張からか、思考が支離滅裂になる・・

「いかんなあー。リラックス、リラックスう」

両腕を曲げ伸ばしして、深呼吸。深呼吸。

その時、無線が入る。

アラシヤマ「はい。こちら、サナダ・ホーク。どうぞ。」

ホリー「アラシヤマさん。元気ですかー。久しぶりの出番ですねー。サナダ・フラッシュ撃つの楽しみにしてましたのねー。的は大怪獣です。正中線を狙えば、いいんです。良かったですねー。一発撃てて・・」
アラシヤマ「ホリーか。フラッシュと心中だよ・・」
ホリー「だーい丈夫です。サナダの必殺武器はアラシヤマさんしか、撃てません。」
「とにかく、当てることに集中しましょう。」
アラシヤマ「そうだな。ガイダスにフラッシュを叩き込むのは、オレしか出来ないのか？」
ホリー「勿論です。自分を信じてくださーい。アラシヤマさん。」
アラシヤマ「おう、まかしとけー。」
夜間飛行のサナダ・ホークは飛行灯を点滅させつつ、湾岸を南へ、南へ。

泉南地域で大暴れのガイダス。避難する人々。

北上するのを、月光部隊の照明弾の閃光が防ぐ。

「ギャオオオーラアアアア」スパークする度、ガイダスは、逃げまどう。

現場に接近してきたサナダ・ホーク。

アラシヤマ「こちら、ODFです。只今より、ガイダスに対し、ミサイル攻撃を敢行します。」

哨戒中の「月光部隊」

「了解。奴は光を嫌います。海へ上手く誘導、お願いします。」

旋回し、ガイダスの上空のサナダ・ホーク。

照準器で、フラッシュ・ミサイルの狙いを定めるアラシヤマ。「来い、来い、もう少しだ。」

「よし、真中に来たぞー。ガイダス、サナダ・フラッシュ発射！」

「ズドーン」重い発射音が、響くと同時に、「ギャオオオーラアア」ガイダスの悲鳴が。

命中　サナダ・フラッシュ

アラシヤマ隊員が、気合一発、ガイダスに向けて、放ったサナダ・フラッシュミサイルは、「ズドドーンン」と重い発射音を残し、肩に命中した。

「ギャオオーララアア」呻き、跪くガイダス。「やったぞ。命中だ！」

サナダ・ホークのコックピットで、ガッツポーズのアラシヤマ。

「隊長。フラッシュミサイル命中しました。ガイダスの肩あたりです。」

作戦室
キズナ「そうか。ご苦労さん。後は、あまり無理をするな。時限爆弾に期待しよう。」
アラシヤマ「ガイダスは、苦しんで、方向を海に変えました。海岸に向かってます。」
陽炎「そう。海に還ってくれれば、最悪の事態は避けられるわ。」

アラシヤマ「このまま、ホークでガイダスの進路を見届けます。」

「ギュイーンン」サナダ・ホークも、ガイダスを追うように海へ回頭していく。

夜の泉南地域を駆け抜けて、大急ぎで海へ還ろうと疾走するガイダス。

「ギャオオーララアアア」大怪獣の叫び声が、冬の街中にこだまする。

まもなく、海岸に行き着いたガイダスは、海に飛び込み巨体を没していった。

サナダ・フラッシュの一発攻撃は、覚悟を決めたアラシヤマ隊員ならではのサナダ戦法により、何とか成功した。

タテジマ博士「良かったですな。命中して・・」

キズナ「まあ。何とかねえ。これからですよ。勝負は」頭を叩く。

海に消えたガイダス。大阪の危機は続く。

後日。
あれから、幾ばくか経過した大阪。ガイダスはその後、姿を現さない。
大阪城基地
「首府防衛」に一応、成功したＯＤＦ。帰還したアラシヤマ隊員はヒーロー扱いだ。
作戦室
「なんてったって、サナダ・フラッシュが奴に命中したときの、あの顔、みんなに見せてやりたかったよー。」「ほー」「へー」「はー」。うなずくだけの隊員たち。

アラシヤマ隊員の自慢大会である。

「なんてったって、あの状況でだよ。的をはずすと、首府が滅ぶ緊急事態・・オレも長い間、射撃やってるけどさー・・さすがにビビッたよー。」身振り、手振りで・・大げさに驚くホリー隊員「だから言ったでしょ。アラシヤマさんでなきゃ、ダメなんですよおお。」「そうかあー」「そうかなー」まんざらでもない様子のアラシヤマ隊員。

隊長席で化石の様に「ヌッポオー」とたばこを燻らせ、沈んだままのキズナ隊長。

インターミッション

キズナ「大阪新報」の「ガイダス」関連記事を眺めつつ、「ふー」ため息。

ローラ隊員　コーヒーを淹れてくれている。「どうしたんですか、隊長」

円卓では、ずっとアラシヤマ隊員の自慢大会が続いている。

「まあ、何とか、大阪上陸は、サナダフラッシュの命中により、防げたようなんだが・・」

椅子席で、自慢しすぎて、後ろへふんぞり返りそうなアラシヤマ隊員。

キズナ「あれからも、大阪湾での異性物目撃は続いているんだ。」

「エエエー」転がり落ちるアラシヤマ隊員。「ど、ど、どゆことですか、隊長」

隊長席に集まるホリー、ヌレギヌ。

「また、事件なんですか。隊長。」「うん、南港、天保山エリアでは、夜半に、大海草が浮上してきたのを、府民が目撃している。阪南から北上する白い航跡の目撃もある。」
ヌレギヌ「それって、隊長・・まさか・・」ホリー隊員と目をしばたかせる。
キズナ「どうやら、腐臭海が近づいているようなんだ。サルガゾーラかもしれんな。」
ホリー「でも、白い航跡ってガイダスですよね。いや、エビダスかも」
キズナ「まあ、ガイダスには、フラッシュが命中しているから、後は時間の問題なんだが・・サルガゾーラが再上陸してきたら大変だからねえー。」
椅子から転がっていたアラシヤマ隊員。お尻をさすりながら・・
「テ・テ・テ・テ　無論であります。サルガゾーラだろうが、ガイダスだろうが、今度ノコノコ現れたら、それこそ、オレが蜂の巣にしてやります。お任せくださーい。」敬礼。
キズナ
「南港といえば、防衛艦隊の拠点だ。信濃もおれば、ファイヤーマリン隊も在る。」
ローラ「そうですね。頼もしいじゃないですか。」
キズナ「うん。突撃ミサイル艦隊も、超電磁玉砕砲を撃ちたくて、うずうずしているだろうな。」
ヌレギヌ「でも、湾内じゃ狭すぎて、危ないんじゃ・・」
キズナ「うん。東京火の玉作戦の再来になるかもしれん。」
一同「ヒエエエエ、火の玉さくせーんんん。」驚愕。一夜にして、東京から伊豆にかけて、火の海と化した防衛海軍の切り札攻撃。大阪湾が火の海に燃える光景が浮かぶ。

キズナ「条件は揃ってきているんだ。ファイヤーマリン隊による、ソナー調査では、ダッコラス級の大怪獣が、湾内を徘徊しているし、サルガゾーラを追ってガイダスも。また、大ウツボの怪獣も、船員に目撃されている。ウツボダスと呼称されているが、全長百メートルを超える奴だそうだ。エロドータスと呼称される大亀が、サルガゾーラを捕食していたとの目撃情報もある。サルガゾーラを中心に大怪獣が、大阪湾に集結しつつあるんだ。」

隊員一同「・・・・」顔がひきつる。「ウツボーダス」に「エロドータス」？

「防衛海軍は、玉砕魚雷で、それこそ玉砕するつもりなんだ。」

大阪湾温泉大怪獣決闘

大阪湾・南港エリアに近づく危機。「腐臭海接近」予告する隊長のコトバに大阪防衛隊のメンバーも凍りつく。「エビダス、ガイダス、エロドータス、ドツボダスにウツボダス、ダッコラスにマンモスサルガゾーラと腐臭海大怪獣のオンパレードじゃないか！」

ヌレギヌ「こいつらが、南港エリアに・・信じられない。」

ローラ「キャアアアー」耳をふさいで、しゃがみこむ。

ホリー「防衛海軍は、玉砕魚雷で刺し違えるつもりなんだ・・」火の海の大阪湾が。

アラシヤマ「・・・」無言で立ちすくむ。

キズナ「まあ。そうなんだが、慌てるなよ。何も、首府が滅びた訳じゃないんだ。」

ホリー「でも、どうすんですか。オレたち。」
キズナ「どうもしないよ。まあ、湾岸のパトロール継続ということぐらいかなあ。」
アラシヤマ「そんなことでは、大阪防衛ははたしぇませええん。」
キズナ「痛み入るよ。痛風でも、元気だねぇー。アラシヤマは。オレはボロボロだ」
ヌレギヌ「でも、怪獣らが上陸してきたら・・首府はひとたまりもありませんよ。」
キズナ「そんな、怖いこと、考えないようにしようよ。」
ホリー「隊長！」
キズナ「だからさー。オレたちが、がんばるんじゃなくて、怪獣たちにがんばってもらおうじゃないのー。」
ヌレギヌ「どゆことですか?」「オレたちが、がんばろう、がんばろうと想えば想うほど、大阪は火の海になるんだ。ミサイルが飛び交い、玉砕魚雷が炸裂し、府民も多数の死者が出る。だから、そうならないように、大怪獣同士が戦うように仕向けるのさ。」
ホリー「なるほど・・で?　どうすんですか。ボクたちは。」
キズナ「だから、何もしない。怪獣同士の対決を応援しようじゃないか。」
ローラ「隊長、また冗談いってえー。」
キズナ「ローラ。これが冗談じゃあないんだよー。副隊長にもお願いして、頭に血が上っている防衛海軍幹部らに、無茶しないよう、説得に行ってもらってるんだ。」
アラシヤマ「攻撃しないなんて。考えられません。」

キズナ「大怪獣が何を狙っているか、解かるか。」
ヌレギヌ「奴らは、腐臭海の富栄養化で巨大化したとタテジマ博士に聞きました。」
キズナ「そう。だから、サルガゾーラだ。マンモスサルガゾーラという巨大エサが出て来たら、エビも蟹も、タコもウツボも飛びつくだろう。それが狙いさ。
ヌレギヌ「なるほど。共食いが起こりますね。多分。生き残りを賭けた。」
キズナ「大阪湾温泉大怪獣決闘」に勝ち残った奴のみを大阪防衛隊は、上陸阻止すればいいんだ。フラッシュミサイルもまだ残存しているし。」
ホリー「なるほど。それまで、ODFは力を残しておくわけですね。」

マンモス・サルガゾーラ現る

「大阪湾に危機迫る」大阪新報の派手な見出しに、プカーとたばこを燻らせるODF・キズナ隊長。ぎっくり腰に、五十肩。ODFの派手なユニフォームと裏腹に、五十路中年オヤジの肉体は、予想以上にくたびれている。「はああー」とため息と共に隊長席に沈んでいく。夜勤も最近はきつい。

気遣うローラ隊員「大丈夫ですか？　また頭から湯気出てますよ。」コーヒーを淹れる。

キズナ「いや、いつも済まないねー。考えがまとまらなくて・・」

ああ、くつろぎのひととき。

省エネの基地内は夜半は、照明も消され、暗闇の中に限られた間接照明が、うす暗く照らされるだけだ。


夜半過ぎ、「ファンファンファンファン」緊急警報の赤ランプ点灯。

オカ通信隊員
「こちら、ODF。はい。はい。ええ、サルガゾーラが・・はい。南港に。了解」

隊長席で仮眠をとっていた隊長。毛布から出てきて・・

「どうしたの。怪獣？」

オカ「南港湾岸エリアに、大サルガゾーラ出現。続いてウツボーダスが出たとの海軍の連絡です。」

キズナ「そうか。了解。防衛海軍に、攻撃待機をお願いしといて。」

オカ「待機ですか・・了解。こちらODF。こちら、大阪局地防衛隊・・」

仮眠室から叩き起こされて、転がり出るホリー、ヌレギヌ、アラシヤマ。

まだ、みな寝巻き、トレーナー姿のままである。

パジャマ姿のアラシヤマ「出動ですか。隊長！」

らくだシャツにモモヒキのヌレギヌ隊員「大怪獣ですか！」

大阪カニカニトレーナーのホリー隊員「湾岸ですかー。」みなボロボロである。

キズナ　隊長席に座り直すが。

「うーん。ああっ肩が、肩がああっ、テ、テ、テ。グオッ、こ、腰が、腰が」

「大丈夫ですかー。」ホリー隊員が支える。「す、済まんな。ぎっくとなったよ。」

何とか、体裁をつくろう隊長。

ここは、深夜の大阪局地防衛戦闘部隊。大阪城基地・作戦室。

「あー。例のマンモス・サルガゾーラが南港に現れたそうだ。続いてウツボーダスも」

ホリー「もう、二匹も。どうすんです。隊長。」

キズナ「慌てなくていいよ。ローラが起きたら、元気一発で南港へ哨戒に出てもらえるかなあ。ヌレギヌ隊員。大怪獣同士の対決が観られると想うよ。」

ももひき隊員「ハッ。ヌレギヌ、ローラ隊員と共に南港哨戒任務に就きます。」

マンモス・サルガゾーラ

大阪南港に停泊中の客船、貨物船。すぐ、となりには防衛海軍の軍艦らも停泊している夜半。九州航路の大型フェリー「四十いそじ」号。早朝の出航に向けて、乗客や貨物の乗り込み作業が深夜も、続いていた。

「四十いそじ号」の少し沖。泡立つ波。「ザザザザババババー」海面が盛り上がってくる。

「何だろう。」デッキで、海を深夜、ボオオーと眺めていた青年・栃村。吸っていたタバコをポイと、海へ放り投げ、沖の白波に注目する。

「ブッシュウウウ」緑暗色の大海草が、シュルルルーと触手を伸ばし、あちらこちらから出てくるではないか。

栃村「うげえ。あれはサルガゾーラだ・・大変だ！」噴出す腐臭ガスの白い色に身の危険を感じ、「カン、カン、カン」とデッキを降りて、逃げようとする。

他にも、デッキに出ていた客は、何人かいた様で、「キャアア」「化け物おお」あちこちで悲鳴が上がっている。船内は、パニックだ。

巨大なサルガゾーラは、全長四十メートルを超え、「マンモス・サルガゾーラ」である。ところが、サルガゾーラは、なぜか近くの「四十いそじ号」を襲ってこない。

驚いたことに、背後から、マンモス・サルガゾーラに襲いかかる巨大大ウツボの頭が飛び出し、全長百メートルは超えるかという長い胴体が、「スルスル」と海から海へ出ては、沈んでいく。「キシエエエ」獰猛な顔で、ウツボーダスはマンモス・サルガゾーラを食おうと飛び出してくる。

また、海面が盛り上がり、今度は巨大な亀の頭が浮上してくる。「エロドーダス」だ！「ギャメエ！ギャメエ」エロドーダスも凶暴な顔で、マンモス・サルガゾーラに挑みかかってくる。「食ってやろう」と亀頭を出し入れしている。巨大な背中には、多数の「ドッボダス」が吸い付いており、「二階建て」怪獣となっている。全長四十メートルの大亀だ。

大阪南港に出現した大怪獣
「ブッシュウウー」腐臭ガスを撒き散らし、左右の触手を振り回し、大暴れのマンモス・

サルガゾーラ。単体なら、大阪首府の大変な危機だが、今回は、少しハナシが違う。

「ギャメエ！ギャメエ」マンモス・サルガゾーラに食いついたエロドーダス。海面付近からは「ウツボーダス」も頭をもたげ、サルガゾーラの触手に食いついている。

「そんなに、サルガゾーラは美味いのか？」疑問符が付くほど、エロドーダスらの食欲は旺盛である。「バリッ、ミシッ」肉片を食いちぎる音が波間に響く。

そして、沖に波立つ白い航跡。「ギャオオオラアア」ガイダスだ！

「ギャオオラアア」ガイダスも、サルガゾーラを追ってきたのだ。波間から浮上する醜悪な顔。「サナダ・フラッシュ」の後遺症は全く感じない。大暴れで、マンモス・サルガゾーラに挑みかかる。「大阪湾温泉・決闘」の主役たちの顔が揃ってきた。

警戒する防衛艦隊

南港沖の海底を潜行、哨戒中のファイヤーマリン部隊。
レーダー士「ガイダスが出現！サルガゾーラに取り付いています。」
イバ参謀「どうします。艇長。いつでも魚雷は準備出来ています。」
ソウダ「こんな港の入口で、ドンパチ出来ると想うか。ODFからも、自重するよう要請されている。もう少し様子を見よう。いつでも、超電磁魚雷撃てる準備だけしておけ」
海兵ら「了解。」「現在、潜望鏡深度二十。前進微速。」

大阪防衛艦隊・ファイヤーマリン一一五号の雷撃攻撃はあるのか・・

一方、南港では大怪獣同士の激突が始まっていた。

マンモス・サルガゾーラを中心に、エロドーダスとガイダスが対峙。

ウツボーダスはサルガゾーラ足に喰らいついたまま放れようとしない。

「ギャオオーラアア」「ギャメエメエ」「ブッシュウウウ」「シエエエ」大怪獣の鳴き声が港に響く。フェリー乗り場からは多くの乗客が退避中である。

巨大触手を伸ばして、人間を襲うサルガゾーラであるが、逆に、ガイダス、エロドーダスに喰らいつかれ、身動きがとれない。「ブブッシュウウウ」噴出す腐臭ガスも、怪獣には無意味だ。全長百メートルを超える大ウミヘビ「ウツボーダス」の凶暴な歯は、サルガゾーラの壁の様な触手も、いともたやすく噛み千切ってしまう。「キシエエエ」

「ギャメエ、ギャオオラアアア」ガイダスとエロドーダスはサルガゾーラ捕食の優先権を争い、激しく激突を繰り返す。波は大荒れ、貨物船は転覆し、港は大混乱である。

「キャアアー」「助けてえー」悲鳴と共に、逃げ出す人々。

大阪城基地
地下メンテ・ベース　慌しく走り回る隊員たち。対怪獣戦闘用タフロボ「元気一発」の出動準備だ。

武器保全倉庫に、収容されている「元気一発」。前回のモグランド戦以来の登場である。
コックピットに滑り込むローラ隊員「電源始動」。「チュイイーン」
ハンガーに、「元気一発」の作動音が響く。全高十メートル。待機するキャリアトラック
に搭載するため、「チュイイン」と一歩、一歩進んでいく。
見送るミオギノ整備士
「いいんですか。今度は全長五十メートルは超える大怪獣でしょ。元気一発じゃ、頭なで
られて終わりですよ。」
シマ保全長「隊長が言うには、哨戒にしか使わないらしい。」
ミオギノ「大丈夫ですかねえ。マグマはまだ、直ってないし、これ以上ODFの武器を
やられちまったら・・行動不能ですよ。大阪防衛隊は」

元気一発　始動

大型キャリア・トラックに、搭載中のレイバア「元気一発」。運転席のヌレギヌ隊員。

「どうだ、ローラ。久ぶりのコックピットは？大丈夫か」

ローラ「CKSバランサー、油圧制御、問題なし。出発OKよ」

「チュイイーン」「ガッシャーン」「ギュイイーン」搭載完了だ。

助手席に滑り込むホリー隊員。

「いやあ。大阪防衛隊も、マグマがやられ、ドリフターバイク、GG二世と稼動メカが次々壊れ、大変ですねー。出動する指揮車も無いし。」
ヌレギヌ隊員「隊長。出動準備整いました。」

作戦室　キズナ
「南港では、大怪獣同士のつぶしあいが始まったようだ。哨戒が目的だ。余り危険な所まで近づくなよ。」

ヌレギヌ「了解。移送部隊発進します。」

大阪城横のデイフェンスゲートが開いていく。「がんばれよー」「生きて還ってこいよー」

キャリアを追って、整備員らの見送り、声援が続く。

「元気一発」のコーク・スクリューが命中する機会は訪れるのだろうか。

夜陰の防衛出動が始まった。


続いて、局地防衛戦闘機「サナダ・ホーク」の発進準備だ。

シマ「大怪獣戦だからな。ありったけのミサイル搭載しとけ。」

ミオギノ「フラッシュはどうしますか?」

シマ「隊長によれば、ご褒美に一発増やしておいてやれ」とのことだ。

ミオギノ「了解。てめえらあ。弾あー。二発準備だあああ。」装填数二サナダ・フラッシュで、出動待機のサナダ・ホーク。

作戦室
オカ通信隊員
「現在、サルガゾーラ、ガイダス、エロドーダス、ウツボーダス四体の格闘が続いている模様。南港はパニックとのことです。」
アラシヤマ「隊長、一刻も早くホークで叩くべきじゃあないんですか。」
キズナ「叩くなら、既に防衛艦隊が叩いているよ。もう少し様子を観ようよ。こんな大怪獣戦。二度と見られないよ。」たばこをプカアーと燻らせる。
アラシヤマ「そりゃ、そうですが・・」
キズナ「気合入れるのは着替えてからにしてね。」パジャマ姿のままのアラシヤマ。

大怪獣戦

「腐臭海」の大怪獣「マンモス・サルガゾーラ」を筆頭に、大暴れのガイダス、エロドーダス、ウツボーダス。大阪南港は、今や「怪獣プロレス戦」の様相を呈している。
「ギャメエ、ギャメエ」エロドーダスは、横向きに、大甲羅を回転させ、ガイダスめがけて、体当たりである。「ギャオオオラア」、マンモス・サルガゾーラを狙うガイダス。

エロドーダスの回転アタック攻撃を受けて、南港埠頭までふっとぶガイダス。崩れる建物。埠頭はがれきの山と化してしまった。

緑暗色の体中から、「ブブシュッシュー」と腐臭ガスを噴出しながら、触手を振り回すマンモス・サルガゾーラ。足元には、ウツボーダスの凶暴な顔が喰らいついて放れない。

「シエエエ」ウツボーダスは長いからだを、スルスルとマンモス・サルガゾーラに巻きつけて、締め付ける。バランスを崩し、横転するサルガゾーラ。「ブブッシュウウー」

「ギャオオオラア」勢い衰えない生体化学変異悪獣ガイダス。サナダフラッシュミサイルの効果は、現れるのか。

湾岸未来道を、南港に近づく、大型キャリア・トレーラー。大阪防衛隊の深夜の出動に気がつくクルマはほとんどいない。

ヌレギヌ「もう、まもなく着くぞ。到着次第、元気一発の準備にかかるぞ。」

ホリー隊員は「おお、かなり、火の手があがってますよ。大丈夫かいな。」不安げだ。

ヌレギヌ「攻撃しない作戦とは、半分やけくそみたいなもんだな。」

ホリー「元気一発のパンチだけで、どこまで戦えるものか。相手は誰か。」

海は大荒れ。客船、貨物船は多数が、転覆。埠頭からは火の手が上がっている。

防衛海軍の軍艦らには、まだ被害は出ていないように見える。

空母・第二信濃　レーダー指揮作戦室
レーダー士「湾内には、かなりの異生物反応が出ています。ソナー感ありとのファイヤーマリンよりの報告です。」

オキムラ提督
「南港への攻撃は、ＯＤＦより控えるよう依頼されておる。カザマツリ攻撃隊は、今しばらく待機せよ。」

イカルガ副長「しかし、このままでは湾内は崩壊しますよ。時間の問題だ。」

オキムラ「やむをえん。肉を切らせて骨を絶つ。戦闘配備を維持せよ。」

第二信濃の航空甲板には、カザマツリ飛行隊が出撃命令を待ち、待機している。

大荒れの波間に「ズバババー」と浮上する巨大タツノオトシゴ。頭を前傾させつつ、進撃してくる。「ゴッバー」と海から飛び出し、ガイダスめがけ、ヘッドバット！

大怪獣「タツノオトシマエダス」だ。

怪獣総進撃

「南港」入口付近の海底を哨戒中の大阪防衛艦隊・ファイヤーマリン潜水艦。

海面付近に現れた、巨大な影を追跡中である。

レーダー士「全長二十メートル以上あります。ソナー感。」

イバ参謀「何でしょう。くじらでしょうか。」
「潜望鏡」ソウダ艇長は、海面付近を潜望鏡から調査する。
「な、ななんだ。でかい魚に見えるが・・」
イバ「何ですか。」続いて、潜望鏡を覗く。「おおお。あれは大マンボウダ。ヒャクマンボウだ。」二十メートルは超える巨大マンボウが、横転して、波間に浮かんでいる。
ソウダ「奴は、何をしとるんか?」
イバ「何もしてませんねえ。寝てるようですが。」
ソウダ「寝てるだけか。またSJTの再来か。」
イバ「南港は怪獣だらけだし、玉砕魚雷打ち込みますか。」
ソウダ「いや。攻撃許可は出ていない。哨戒だけだ。本部へ連絡。」
レーダー士「了解。こちら、ファイヤーマリン、ファイヤーマリン・・」
南港を封鎖するように出現した、大怪獣「ヒャクマンボウ」とは何だ。

南港埠頭
少し現場から放れて、到着したODF。巨大キャリアは「元気一発」を搭載したままだ。
目前に展開される、大怪獣戦に息を呑む防衛隊員。
大暴れしていたマンモス・サルガゾーラは、振り回していた大触手を、ほとんど、ガイダスやエロドーダスに食いちぎられ、胴体もウツボーダスに食われ、ほとんど、消滅してきた。「ブシュウウ」腐臭ガスも、もう出ない。波間に漂う海藻に戻っていく。

ヌレギヌ
「隊長　マンモス・サルガゾーラは予想通り、他の怪獣に食われて消滅しました。」

作戦室
キズナ「おお、そうか。了解。警戒を続けてくれ。危険が迫りしだい、サナダ・ホークのフラッシュミサイル攻撃で迎撃予定だ。」

ホリー「元気一発」は起こさないんですか。隊長。

キズナ「無理しないで、怪獣プロレスの監視を続けてくれ。」

ヌレギヌ「了解。そのまま待機します。」ローラ「待機します。」

寝たままの対怪獣戦闘タフロボ「元気一発」。

何かあれば、「首府防衛」に果敢に挑むつもりのクラブマン・ホリー隊員。

ガイダスとウツボーダスとタツノオトシマエダスが波間で大格闘している隙をついて、「ギャメエ、ギャメエ」と大ガメ「エロドーダス」が埠頭先に上陸してきた。

エロドーダス対大阪防衛隊

「ギャメエエ」がれきの山と化した、埠頭に上陸してきた大亀怪獣「エロドーダス」。

「ギャメギャメ」首を出したり、引っ込めたりしながら徘徊。大甲羅の上の、突起部からは、共生する「ドツボダス」が、ガサゴソ出て来た。二階建て怪獣に驚愕のＯＤＦ。

ドツボダスのうごめく姿を観て、再びローラ隊員は凍りつく。「キャアアー」

キャリアで哨戒中のホリー隊員
「ゲギョ。またアイツだ。ドツボダスだ。これ以上徘徊を許したら大変だ。」

ヌレギヌ「ローラ　大丈夫か？ローラ！」

元気一発のコックピットで、固まるローラ隊員。前回の戦いの悔しさが甦る。

ローラ「駄目だわ。こんなことでは。しっかりするのよ。」自らに叱咤。

「パン、パン」と頬を両手で叩き、気合を入れる。

「電源始動。青ランプ。油圧制御問題なし。元気一発いきまーす。」

ヌレギヌ「おい、ローラ　大丈夫か　無理する必要は無いぞ。」

ローラ隊員「わたし、あのドツボさんに、元気一発のパンチ、お見舞いしないと・・・・

気が済まないの。お願い。ヌレギヌさん。キャリアを起こして」

「隊長は無理するなと言ってるんだ。けど、ローラの気持ちは解かるよ。よし、百万倍に
して、おつりを返してやれ！」「ホリー隊員。キャリアを起こすぞ。」

「ギュイイーンン」立ち上がる元気一発。

「隊長。ドツボダスが埠頭に上陸してきました。ローラが決死の覚悟で行きます。」

作戦室
キズナ「元気一発を？そうか。うーん。無理するなと言っても無理か・・」

「出来るだけ、援護してやってくれ・・ホリー頼む。」

ホリー「了解。元気一発を援護します。」

「チュイイーン」「チュイイーン」埠頭に降り立った元気一発。ガサゴソ徘徊するドツボダスめがけ、敢然と向かっていく。

「チュイイーン」「ギュイイーン」「ボッコウ」全長十メートル同士、埠頭で拳をまみえるレイバア対ドツボダス。コックピットで燃えるローラ隊員。アドレナリン全開だ。

眼の前で左右から振り下ろされる、巨大はさみを、クロスカウンターで受けつつ、

「シエエエー　チェエエストトトトオオオオー」前屈姿勢から、コークスクリュウパンチが、ドツボダスの気色悪い顔面に炸裂する。「チエスト、チェスト、チェストー」

元気一発の、コークスクリューで、吹き飛ぶドツボダス。埠頭から海へ転落。

ローラ「よくも、マグマドリラーを・・よくも、よくもおおお」炸裂するファイヤーフック。キャリアで見とれるヌレギヌ、ホリー隊員。

「凄い。ローラ、凄すぎるぞ。ドツボダスをボコボコにしてるぜ。」

「いや。女の執念ですよ。あれは・・」エロドーダスのドタマを殴りつける元気一発。

ファイヤー・ローラ

大阪局地防衛隊の輝く二十代女性隊員・ローラ・ミホ隊員。今、元気一発のコックピッ

トで、「打倒、ドッボダス宣言」を果たすべく、真田勇士として燃え上がる。

大亀怪獣エロドーダスから出てくるドッボダスを次々と、左右のコークスクリューを炸裂させ、「バシッッ。ボゴッッ、ドシッッ」元気一発の足元に、打ちのめしていく。

全長四十メートルは超えるエロドーダスの凶悪な亀頭を見ても、今のローラ隊員は無敵だ。サッとエロドーダスの下部に潜りこんだ後、「カスタネットーアッパアアアー」

下から、豪快にエロドーダスの顎にコークスクリューをヒットさせる元気一発。

「ギャメギャギャギャビシ」強烈なアッパーを受け、頭がふらつくエロドーダス。

「チェストー、チェスト、チェスト、ネックー・ダウン・ブリーカー」

元気一発はエロドーダスの頭をボコボコにした後、ネックブリーカーで、裏返しだ。

「ギャメメアブシ」埠頭で裏返しになったエロドーダス。

仁王立ちの「元気一発」。「はーはーはー」息が切れそうになるローラ隊員。

油圧、電源の警告灯が赤に。ダンパーも損傷したようだ。

我に帰るローラ隊員。操縦桿を握り直す。

「元気一発、油圧制御、電源各部損傷。でも、まだ、行けます。」必死のローラ。

ヌレギヌ隊員
「ローラ。危険だ。後退しろ。元気一発は限界だ。後退しろ。」

ローラ「・・了解。　後退します。」ゆっくりと方向を変え、キャリアの方へ。

埠頭先から帰ってくる元気一発の背後には、巨大亀エロドーダスが裏返しになって苦しんでいる。ドッボダスは、殴り飛ばされて、秒殺である。

「ヒエエー。こりは、凄い。本当にローラがやったのか・・」驚きを隠せない二人。

エロドーダスはもがき苦しんだあと、海へ転落し、そのまま浮かんでこない。

キャリアに戻った、元気一発は、激闘の跡が凄まじく、間接、駆動部が大方やられていた。「こんな、状態でよく怪獣をぶっとばしたもんだ。」呆れるヌレギヌ。

ホリー隊員は、眼の前で激突するガイダス、ウツボーダス、タツノオトシマエダスの大怪獣戦に見とれている。

ガイダスはまだ、元気だ。フラッシュの効果は？何時、やつは倒れるのか。

ガイダスは、港内で、ウツボーダスの首を締め上げ、海面に叩きつける。

タツノオトシマエダスは、ガイダスの背後から、またヘッド・バットである。

「ギャオオオーラ、シイエエエ、ブシュブシュ」凄まじい波しぶき。

大阪城基地・作戦室
隊長席でモノ想いに沈むキズナ隊長。机の上は火がついたままのタバコの灰だらけ・・
そこへ、タテジマ博士が、研究資料片手にやってきた。

Bデス効果

「Bデス四十一関連の資料ですがね・・」「どうも。」
キズナ「どうですか。フラッシュの時限爆弾の効果は」
タテジマ「いや、もう体内で、かなり生体破壊は進んでますよ、フウラアッシュです。ハッハッハッハッー。」大笑い。
キズナ「今、南港で、フラッシュを撃ち込んだガイダスが、まだ、健在なんですけど」
タテジマ「ふうむ。見た目では、フーラアッシュ効果は確かに判りにくいですよ。」
キズナ「体が徐々に、腐っていくということなんですね。」
タテジマ「まだ、元気とは、相当、Bデス四十一を取り込んだと考えられます。」
タテジマ「しかし、時間の問題です。突然、来ます。来ますよー。ワッハッハ」
キズナ「他にも、何体か、サルガゾーラを取り込んだ怪獣が出てまして・・」
タテジマ「ふむ。Bデス細胞が湾内にかなり広範囲に流出したんでしょう。しかし、Bデスは、サルガゾーラに対する抗体力を強くしすぎたが為、強烈な副作用が在ることが、判明しましてねえ。」
キズナ「副作用?」
タテジマ「Bデスを取り込みすぎると・・巨大化の果て、体内組成が耐え切れず、内部爆発してしまうのです。」

キズナ「爆発?ですか。そりゃ、大変だ。そう、Bデスの副作用が爆発とはねえ。」

タテジマ「ユメシマダ博士も、そこら辺の危険性で、余り大っぴらに研究出来なかったんじゃないですかな。」

キズナ「世界企業のマホロバトロスが後ろ楯だったそうですが・・」

タテジマ「マホロバトロスが・・ふーん。あそこなら、軍需産業にも食い込んでますな。」

キズナ「なるほど。いや、助かります、博士。」頭をはたく。

ガイダスがBデスより生まれた怪物であれば、今、現れている、ウツボーダス、タツノオトシマエダス、ヒャクマンボウも、その可能性があるのではないか?

つまり、いつ爆発するか、判らないのでは?過去に現れた、エビダス、ゲゾダス、SJTだってそうだ。巨大であれば、あるほど、爆発の危険があるのだ。

「爆弾か・・」パンパンと頭を叩き、隊長席に座り直すキズナ隊長。

タテジマ博士の「Bデス四十一研究報告」資料を集中して、読み始める。


大阪南港　キャリア・トレーラで監視中のホリー、ヌレギヌ。

南港入口付近にプカプカする巨大マンボウ「ヒャクマンボウ」の姿を発見。

「ヒャクマンボウ」は口をポカンと空けたまま、横だおしの状態で浮いている。

ホリー「でっかい、マンボウだな・・寝てるのか?」双眼鏡を覗く。

ヌレギヌ「隊長。元気一発の活躍で、エロドーダスとドツボダスの脅威は去りました。」

ガイダス　大爆発

「しかし、元気一発が、かなりやられました。ローラは無事です。」
キズナ「良かった。良かった。ローラ、大丈夫か?」
キャリアに乗り換えたローラ「隊長、大丈夫です。」
キズナ「まだ、怪獣温泉対決が続いていると想うが・・」
ヌレギヌ「はい。ガイダス始め、プロレス状態ですが・・どうします。」
キズナ「実は、タテジマ博士の研究により、Bデス細胞を、多くの怪獣が取り込んでいる可能性が出てきた。Bデスを食べて、巨大化した奴は、最期は副作用で爆発する危険があるんだ・・」
ヌレギヌ「何ですって!爆発?」「そう。ガイダスなど、もう何時爆発するか判らんそうだ。ウツボもタコもイカもみーんな、巨大化した奴は怪獣爆弾と考えられる。」
ホリー「まじっすか。シエエエ。」キャリアの屋根で、驚愕。
眼の前のタツノオトシマエダスなんて、ヘッドバッドばかりで、一番危なそうじゃないか。ガイダスも、先程から、体から、白い泡を噴いているが、熱くなって蒸気が噴出しているのでは?

ヌレギヌ「・・・シエエ。」凍りつく。ローラ「怪獣が・・爆弾」

キズナ「だからね、攻撃自粛しといて良かったよ。監視部隊は、府民の退避活動を援助しつつ、粛々と後退してくれ。静かに、静かに。南港から出来るだけ遠くにだ。」

隊員一同「了解。大阪局地防衛部隊、戦線を後退します。」

キズナ「大至急、よろしく。海軍にも暴走しないよう、お願いしとくから・・」

ホリー「えらいことになりましたねー。」

キズナ「安全第一で頼むよ。ホリーも無理するなよ。もう勝負は見えてるんだから」

ホリー「了解。」

三人、冷や汗の態。「よし。直ちに、この場を離れる。ホリーも中へ入れ。」

キャリア・トレーラーが起動。巨大十二輪トレーラーは南港埠頭を動き始めた。

港内は、怪獣戦で、ほとんど壊滅状態である。もう、逃げ遅れた人もいない。

「ドバッン、ボグワアアン」突然、大暴れのガイダスの左腕が爆発。左半身が消えてしまった。「ギャオオーラア」ガイダス断末魔の悲鳴が聞こえてくる。

「えらいこっちゃ、えらいこっちゃ、えらいこっちゃ」

キャリア・トレーラーのハンドルを握るヌレギヌ隊員は生きた心地がしない。

「ブシュブシュブシュ」タツノオトシマエダスが、またもーヘッドバッドおお。

「ドグワアアアアーン　バグワワワーン」瞬間、大爆発のガイダスとタツノオトシマエダス。吹き上がる炎。キャリアにも残骸が飛んでくる。

ヌレギヌ「えらいこっちゃ、えらいこっちゃ、撤退、撤退だああー。」アクセル全開。

キャリア・トレーラは、火の海の南港を、少しずつ離れていく。

大爆発

ガイダスとタツノオトシマエダスは、Bデス41細胞の副作用と想われる内部爆発で、南港埠頭で吹き飛んでしまった。巻き上がる紅い炎。燃え上がる海。ガイダスのパンチを喰らいのびていた、ウツボーダスも、大爆発の巻き添えで、一瞬に炎に包まれていく。

「シエエエ」ウツボーダスの断末魔の叫びが・・。

「大阪湾大怪獣温泉対決」は、ほとんどの怪獣がつぶしあい、食い合い、最期には爆発して大阪上陸を果たした奴は一体も無かった。

最も、暴れていたエロドーダスは、大阪防衛隊の「元気一発」のコーク・スクリュー・パンチによって、一発轟沈し、海に沈んだ。

南港は、一時、火の海になったが、防衛艦隊の活躍で、消火活動も粛々と進み、元の静かな海に戻りつつある。防衛艦隊の静かな行動の裏には隠密に、陽炎副隊長の活躍があったことは誰にも知られていない事実である。


後日。

静かな夜が甦った大阪。大大阪城の天守が、街を見据える。

大阪城地下基地　作戦室
南港で大活躍した、面々もキズナ隊長も疲労と寝不足で、ズダ袋の様にボロボロである。

結局、「フラッシュ・ミサイル」を叩き込むことが出来なかったアラシヤマ隊員だけが、一番元気であり、戦闘意欲は衰えることはない。

アラシヤマ「どうして、オレの出動は、いつも無いんだ。サナダフラッシュを叩き込む千載一遇のチャンスだったのにぃー。どうしてくれます。隊長、この高揚感。ああ」

隊長席で、化石化したキズナ隊長。

「いつも、元気でうらやましいよ。アラシヤマ。オレはもう、疲れて駄目だよ・・」

ローラ隊員「やっと、これで、大阪の平和が守れたんだし、いいじゃないですか。」

コーヒーを淹れて、隊長席へ・・

アラシヤマ「おまえは、元気一発で、敢闘したからいいよ・・オレはオレの銃は？」

円卓席では、陽炎副隊長始め、ホリー、ヌレギヌ隊員もくつろいでいる。

ホリー「結局のところ、やっぱし、攻撃しなくて正解だったんですねー。」

ヌレギヌ「当たり前だろ。海軍が出張ってたら・・大爆発と誘爆で大阪は火の海さ。」

ローラ「怖いですね。Bデス細胞って。タテジマ博士の研究が遅れていたら、どうなってたかしら。私達。」

大阪局地防衛隊の、この「大阪湾首府防衛」作戦は只の銃弾一発も消費されることなく、結果として、六大怪獣を殲滅した「ミラクル作戦」として府民の賞賛を浴びることになったのである。

輝く大阪局地防衛部隊。その義の戦士たちに栄光あれ。　大怪獣温泉対決篇終わり。

後日談。

平和な日常が戻りつつある大阪。大怪獣が上陸した大阪泉南地区は「ガイダス」による被害の跡が生々しく残る。山肌はえぐられ、田畑は踏み荒らされ、家屋は踏みつぶされた。

怪獣災害からの復興が、いつになるのかは、判らない。

Bデス細胞流出疑惑の天才科学者・ユメシマダ博士は依然、行方知れずだ。

大阪府警のその後の捜査で、避難居住区の研究室が見つかり、かなりの資料が押収された。「腐臭海」克服の研究は、結果として、不死身の爆弾生物細胞を生み出してしまった。

しかし、幸か不幸か。サルガゾーラの大阪湾進行は大幅に改善された。Bデス細胞が湾内の腐臭海を浄化したためである。海がきれいになったのである。

腐った汐のニオイが蔓延していた大阪湾にも、鳥やかもめのさえずりが戻ってきたのだ。

「Bデス」には確かに、腐臭海を後退させる効果が認められたのである

「富栄養化」で巨大化し続けた大怪獣はどうなったのか。ゲゾダスやエビダス、SJTがその後、大阪湾に姿を現さないのは、自爆したのではないかと推定されている。

大阪南港に最後まで、プカプカ浮いていた「ヒャクマンボウ」はどうなったのか。

何時、爆発するか判らないと、大阪防衛艦隊を一時、緊張させたが、「ヒャクマンボウ」はまだ、生きている。プカプカ浮いたまま、南の海へ姿を消して行ったのである。

「腐臭海」との戦いが終わったわけではない。地球汚染がこのまま進めば、またサルガゾーラは大発生するだろう。しかし、人類が「知恵と勇気」を振り絞り、希望を捨てなければ、地球再生も夢ではない。

「大阪局地防衛戦闘部隊」は、人類最期の希望として、今日も明日も輝き続ける。


終わり。

あとがき

「大阪城」が左右に展開して、戦闘機がもし、発進したらかっちょええやろなー。

それが、そもそもの「大阪防衛隊」創作の発想である。

隊員には、真田幸村軍のような、義の心の戦士がふさわしいだろう。

戦闘機は、サナダの冠や六文銭の旗印。そう、サナダ・ホークがいい。「怪獣決闘」が大好きなボクは、友人とドライブしつつ、夜の大阪城公園を眺め、そんな妄想に浸っていた。

「大坂夏の陣」から、四百年が経った。そんな、盛り上がる大阪も、五感を刺激したのかも知れない。「大阪」しか守らない、否、守れない、予算も武器も無いボンビーな防衛隊。

そんな、部隊には、きっと物語が生まれるだろう。この物語を笑って許して下さい。

ありし日の第七海上防衛艦隊

大阪防衛隊出撃せよ

二〇一五年十二月二十日　初版第一刷発行

著　者　岐路平 むたき
写　真　さなだ のぶしげ
発行者　谷村 勇輔
発行所　ブイツーソリューション
〒四六六・〇八四八
名古屋市昭和区長戸町四・四〇
電　話　〇五二・七九九・七三九一
ＦＡＸ　〇五二・七九九・七九八四
発売元　星雲社
〒一一二・〇〇一二
東京都文京区大塚三・二一・一〇
電　話　〇三・三九四七・一〇二一
ＦＡＸ　〇三・三九四七・一六一七
印刷所　藤原印刷

ISBN978-4-434-21287-1